有些未来我不想去

钱佳楠 著

北京联合出版公司
Beijing United Publishing Co.,Ltd.

我最后的祝福是要给那些人——
他们知道我不完美却还爱着我。

——泰戈尔

自序
————

人生是一场孤独的旅程

文 / 钱佳楠

　　2016 年 8 月，我离开打出生起就没怎么离开过的上海，去了久负盛名的美国艾奥瓦作家工作坊求学。这不仅是地域上的出走，也是文化上的流浪，因为在我可见的未来，我必须用一种不熟悉的语言来写作。在艾奥瓦城的三年，我竭尽全力让自己完全浸润于这门新语言，很多时候这意味着和自己的过去做决裂。我每周只给自己留半天的时间读中文书，其余的时间都是英语，不仅是听说读写，还有背诵——我可以背诵乔伊斯《都柏林人》中除《死者》外的所有小说，为的是有一天他的声音可以进入我的口吻。抽离也意味着这几年很少回家，一年只回来一次，每次都待不足一个月。工作坊里一位年纪稍长的美国同学能够理解，他说："你这一去一回，等于又要重新开始。"

正是在这样的文化、语言、地域的割裂之中，我的师兄鼓励我写这些信，以便维系和家园、和母语的联系。

我不奢望有人能理解这个自讨苦吃的决定，但是深知三年前的自己有非走不可的理由。我的生活和写作都进入了穷途末路，我不想一再重复自己的上海叙事，然而狭窄的生活限制了我的想象，我也深知必须更专注地打磨自己的手艺，然而焦虑和虚荣时常裹挟着我，让我陷于追逐浪花的快感里不可自拔。对我而言，英语写作是一切归零。我不能再用娴熟的语言把不清晰的内容含混过去，也不能再借着老本把原本可以修改得更好的作品早早地发表出去，以换取社交网络上的点赞。正因为我使用着别人的语言，我的缺陷暴露得更加明显，我必须努力去填补我和母语为英语的作家同学之间的鸿沟，不能再像年轻的时候那样，扯着才华之类的幌子来给自己遮羞，我需要训练自己具备艺术家的习惯。

当然，我也知道，英语目前仍是世界上流通最广泛的语言，所以我的选择或许也可被视为野心之举。我从不否认自己野心勃勃，但因为是陌生的语言，我只有写得足够好，才能够被看见，这条近乎不可能走通的道路反而敦促我专注于自己的作品，不去想其他，因为想了也没用。

这些信都写给一位"亲爱的人"，这个人原本是存在的，但是慢慢地，随着我的生活开始延展，这些半私密的信也在公共空间里找到了自己的读者。公众号后台的每一句鼓励和安慰，其背后的理解都让我感到温暖。文化的隔阂也让我把很多东西看得更通透，在上海的时候，我会对至亲的不理解感到迷惘甚至愤怒，然

而如今，我已懂得人与人之间的不理解才是常态，也正因为如此，理解才更显得弥足珍贵。

　　人生在很大程度上都是一场孤独的旅程，唯一的慰藉或许就是一路上的邂逅和至交。也是这几年，我才明白君子之交淡如水这个道理，真正的朋友就算几年不见，仍然心有灵犀。我理想中作者和读者的关系也是这样，我们就像散在各地的星光，偶尔交会，互放着光亮，但我们生命里更漫长的是寂寂的黑夜，也是黑夜让这瞬息的星光显得可敬，切莫糟蹋了它。

　　如果我没有显得太过狂妄，我希望这些信会是黑夜里一闪而过的星光，虽然转瞬即逝，但让我们知晓了彼此的存在和坚守——这也足以支持我们抵达下一个光明时刻。

钱佳楠

2018 年 11 月 24 日

于艾奥瓦城

目录

第一部分

人生中有很多的事情要等

第二部分

有些未来我不想去

第三部分

登山的人，不问峰顶在哪儿

第一部分

~~~~~~~

人生中有很多的事情要等

天落雨

亲爱的人：

下雨了。

听说上海要下半个月的雨。气象台说今年上海并没有延迟入梅，但在我心里，梅雨季已经迟到了，因为我从来都觉得自己的生日是在梅雨季之中。我妈妈喜欢跟我说，你生在黄梅天。这句话让我极不舒服，因为觉得自己刚呱呱落地就和这樟木箱一般的天色，和这黏腻的肌肤所感，和湿淋淋的散发着霉味儿的衣服撇不清关系，然而我是喜欢落雨的，这一点你是清楚的。

以前有个喜欢我的男孩跟我讲起他家的玻璃房子——很有意思，一旦喜欢一个人就会跟她说很多傻里傻气的话，也不管人家爱理不理的。我在想，如果有一天穷困潦倒，说不定可以把这些

年听到的傻话结集起来出本书，说不定可以卖得很好，他们万不会预见跟作家打交道是风险这么高的事！但是算了，你是知道我的，我只是瞎想想。好吧，那个男孩说了很多很多的话，而我印象最深的就是那间玻璃房。他说，他的房间是玻璃房，一到下雨天他就会躺在床上看雨滴打在屋顶，看四周的落地窗被雨水滑过的痕迹。我羡慕极了，虽然那人没有在我的心里留下烙印，但是这个玻璃房似乎已成为我梦想生活的一部分，等我后来看了电影《理发师陶德》，看到电影里这扇斜开向天际的落地窗，也不管落地窗下发生了多少血腥的凶杀惨案，我还是觉得美，还是渴望能有那样一扇窗户。

还有一段美好的回忆也是在下雨天，有一年考完期末考，我跟当时的好友说自己不想回家（想不起来缘由，多半是跟老爸吵架），那天不巧又下雨，没地方可去，于是她就带我上她家，我们叫了比萨外卖，躺在她的床上，看电视。那一年是韩日世界杯，电视里播放着各种关于世界杯的集锦，然后我告诉她德国队的前锋克洛泽长得很像当时我喜欢的男生（那时还不认识你），她就很仔细地甄别了一下，然后特别严肃地问我："怎么他的五粒进球都是用头顶进去的？"

我喜欢雨，还因为在潜意识里觉得雨充满神秘的气息。大学时候读胡安·鲁尔福的《佩德罗·巴拉莫》，读到叙事者"我"去科莫拉寻找生父，爱杜薇海斯太太早就知道"我"要来，"我"疑心这个千里之外素未谋面的老太太是怎么知晓的，她说是"我"的母亲告诉她的。"我"很惊讶（更精确的说法应该是"惊恐"？），

说自己的母亲已经死去七日。爱杜薇海斯太太如此答道："怪不得，她的气息这么微弱。"小说里提到雨的部分很少，多是拉美的酷热，呈现雨水的方式不外乎"暴雨已经下过"，或"雨水滴在月桂树叶上，发出滴滴答答的声音"，但我却执着地以为雨才是最重要的，好像因为下雨了，那些死去的幽魂才得以穿过这扇沟通天地的帘门。再之后读马尔克斯的《霍乱时期的爱情》，但凡下雨必有重要人物死去，某种程度上又印证了我内心对雨的想象。

连带着雨，我也喜欢河流，特别是文学作品里的河流。曾经给学生讲古希腊文学，讲到冥王哈迪斯，讲到在古希腊神话中，冥王并不审判善恶，而只掌管死亡的归宿，我们来不及细讲《奥德修纪》，其实我最喜欢的《奥德修纪》的部分，就是奥德修斯泛舟冥河祭祀亡灵的部分，死亡的呈现形态也是水，是河流。他在冥河遇到昔日的大英雄阿喀琉斯，遇到阿伽门农，而最最重要的，是他遇见了自己的母亲，突然接受母亲已亡的事实——并且母亲坦言，她是死于对儿子的思念。这个智慧绝伦的奥德修斯在这里终于认清了自己的性格缺点，自己纵有多少聪明，多少才能，多少幸运，能够逃脱各种劫难，也逃不过时间，逃不过死亡，是在冥河他才确知原来自己已离家这么多年，原来有些代价已经无法补救。

我记得，大学时候编文学社的刊物《北辰》，我把"雨"称为时间之门——天落雨，时间之门开启，如同天与地的界限变得模糊，生与死亦然，过去与现在亦然。今天读到德国汉学家顾彬的访谈——读者早就习惯顾彬的语出惊人，也习惯就着他的"诳语"辨

认其中说得"有道理"的部分，这一部分对今天而言似乎是他对中国女作家的看法：

"因为她们的路不简单。不少男人不承认女人，不承认她们写作，创作艺术。我认识好多好多男人，他们不允许他们的妻子发挥她们的才能，故意阻碍她们的发展。因此我老帮助女人，鼓励她们。20世纪80年代末以前，德国男人也不一定允许女人发挥她们的才能，现在好得多。但是到现在中国（包括香港）基本上还是这样。"

他提到他知道作家张洁的作品是在厕所里完成的之后，改变了评判的标准。换而言之，他对女性加了一些"同情分"。

当今是个女性主义和女权甚嚣尘上的时代（虽然收效与运动势头的比例严重不符），我敏感地察觉出顾彬话语里也含有隐性的歧视，他并未将女作家真正置放到和男作家平等的位置。但我不是来争辩女权的，我之所以会想到顾彬的话，是因为今天看到某位朋友发的微博，她说她的母亲曾经告诫她：等你长大，会有很多人要求你去做好妻子好母亲，我希望你不要忘记你的才能。

下雨天，借助时间之门的开启，我看到这些话，忽然回想起从前和你聊过安徒生的童话《老头子说的总是对的》。彼时我正好去听了一位著名儿童文学作家的讲座，是位女作家，她给台下的学生讲了这个故事，而后不无羡慕地说："如果一辈子能做这样一个永远觉得'老头子说的总是对的'的女人也挺幸福的。"

大概女性是容易接受驯化的？我也被那种幸福的氤氲催眠，把原话复述给你听，不知道你还记得你当时的回答吗？你对我说，

如果那个老头子是你，你宁愿要一个事事和你作对但听从己见的妻子，也不要一个什么都任你摆布的小羊羔。

你总是担心我在心底为你打上无数个叉叉，但实际上没有，或许永远都不会有。我很感激在那个时候，在我的价值观还未成形的时候，你对我说过这些话，不是所有的人都会说出这样的话来，即便到了今天，我碰到的很多男人还只是渴望将妻子驯化成百依百顺的小羊羔。

我的窗外有棵杉树，下过雨，特别绿，你的窗外有什么？

是我。

人生作为修行

亲爱的人：

　　上海的夏天说来就来，而我正读着 1906 年伊迪丝·霍尔登写于英格兰乡村的自然笔记，满眼看到的都是如下的诗句和谚语：

　　苍老的一月随后登场，

　　层层紧裹御寒的衣裳；

　　却如死之将至，战栗不止……

　　（埃·斯宾塞）

　　为免一年风雨苦，唯愿二月无晴日。

　　暴烈的三月终于来临

裹挟着风云和多变的天宇

我听到疾风在狂飙突进

越过积雪之谷匆匆奔去

（布莱恩特）

因为英格兰的冬天过于冗长而严酷，所以他们特别珍惜夏日的美好时光，米勒甚至感叹：

最好的季节！成熟的夏日女王

一年中最鼎盛的时光

身着长袍，日照流金

甜美的八月确已来临

你是知道我的，我向来不喜这炎炎夏日，我像躲避瘟疫一般躲避夏日的阳光，但是读着欧洲和美国的文人对阳光的珍惜，又很感慨，自己的这种不喜不知会不会是身在福中不知福呢？

人人都说我将会改变很多，我开始觉得这是一件好事。我有没有跟你提过 H？那是一位我非常敬佩的朋友，最初的朋友，他对很多领域都有涉猎，且绝非浅尝辄止，而是可以给出令每个领域的专业人士都叹服的洞见。事实上我申请去美国也是 H 在背后推波助澜，他到了美国后，写信问我，你有没有想过用英语写作？我说自己确实动过这个念头。他立马回了封邮件，附上全美MFA 的排名，给我下达选校的考量准则：第一：先不考 GRE；第

二：给全奖；第三：排名前二十。

就这样，我开始了我的申请，现在想来，简直像一场赌注。

我在几天前见到了 H，说实话，我挺怕见他，因为他总是推着我往前走。他从美国回来省亲的头一晚就给我打来长途，跟我聊了很长时间美国的主流文学究竟是什么。

这次也是，怕他又给我加压，我事先跟同行的师兄打好招呼，要他到时候替我挡一挡。然而没有，H 变了，他成了一个非常豁达的人——我更喜欢现在的他。

他说了很多，可惜我只能与你分享其中的一部分。

他说中国的文学标准长期被诺贝尔文学奖这个风向标"毒化"，而他去了美国才发现：美国有全然不同的写作理念。欧洲与中国长期以来坚持左派的传统，我们衡量一个作品的深度以作家对现实的批判力度为指针，而对于美国而言，左派或许是随二战后移民潮外来的东西，并非他们的传统，你会看到他们的作品不批判现实，而是为了提供更深层的慰藉。

比如说，涉及老人的题材，如果是左派，会坚持发现问题，而后通过改造社会来解决，老人孤苦伶仃，我们认为这是社会的问题，需要政府拿出举措，改变现状。然而在美国的文学中，老无所依就是老无所依，你看到的不是他们要如何去改变，而是他们接受这个事实：在上帝面前人人都是孤独的，老无所依就是人的命运本身，每个人面对的都是荒漠。并非说后者会流于泛泛的感伤，而是你还会看到那些老而弥坚的人，七十多岁还坚持自己开车，还要带上枪证明自己仍然是个英雄，或者就是我们都很熟

悉的《老人与海》里的圣地亚哥，他执着于反抗命运，即便到最后捕上的那条大鱼只剩下骨头，但他向世人证明了："人只能被毁灭，而不能被打败。"

H说，原来他笃信左派的传统更具优越性，而今他认为可以重新衡量。

对H的整个人生具有重大意义的还有他的稚儿，师兄和我那天都见到了，好可爱的一个孩子，看到两个陌生人和父亲同时出现，他本能地冲向父亲，但又用好奇（而非警惕）的眼神打量了我们半晌，很快，他微笑着向我们挥动他的小手。

H说起带孩子在美国学游泳，所有的指令都是英语，他的孩子很自然地接受了英语的"驯化"。

师兄问他，那你会不会担心孩子无法习得中国的传统文化？

H笑了，他说当自己有了孩子，他发现这个问题没有想象中那么严重。他说起他原本对世界的悲观看法致使他一度不想要孩子，然而当他的孩子诞生之后，他突然醒悟：这个孩子与他是两个截然不同的人。

"当你有了孩子，你会发现，你很引以为傲的天赋很有可能偏偏这个孩子没有继承，但那没关系，他有别的天赋，其实天赋遗传的案例是稀有而非常见。同样的道理，他所面对的那个世界，他所面对的那个时代和你正面对着的完全不同，你只能尽可能地将独自面对世界的胆识传递给他，而未来世界将会变成何种模样，并非你能力范围内可以改变的事。"

很巧，我几天前在《基列家书》里读到类似的话语，老牧师

写给孩子的信中解释他对《圣经》经文的布道：

"我开始评论，指出夏甲和以实玛利被放逐荒漠的故事和亚伯拉罕带着以撒去祭献的故事的相似之处。我的看法是，实际上亚伯拉罕被要求祭献的是两个儿子。上帝在那两种情况之下，都在关键时刻派天使干涉，救出孩子。亚伯拉罕垂垂老矣，是这两个故事的重要因素。不只因为他几乎没有希望再生几个孩子，也不只因为老年得子多么宝贵，我想还因为任何一位父亲，特别是一位老父亲，必须最终把孩子交给茫茫荒漠，最终依靠上帝的眷顾。倘若即使在最好的条件之下，父母也只能给孩子如此之少的保障，如此之小的安全之感，那么一代人为另外一代人之父，几乎都是一种残忍。因此有必要树立坚定的信念，把孩子交出去，相信上帝会把父母的爱给予他，相信荒漠上确实有天使。"

那天，我和H都坦率地承认，我们先前不屑于阅读美国文学，基于一种美国没有历史与文化的偏见，然而，当我们的生活和这个国度开始发生联系，我们开始阅读尤其是美国的西部和南方的作家，感受到另一种价值观对我们固有价值观的冲撞，有时也是补充。

正如《基列家书》，我不是信徒，因而我和作者玛里琳·鲁宾逊[1]的价值观势必南辕北辙，但这不妨碍我从书中牧师的家信中收

1　玛里琳·鲁宾逊（1943－　　），美国当代著名女作家，代表作《管家》《基列家书》等。

获智识，我也很喜欢牧师对地狱的诠释：

"有一次，一个名叫薇达·戴尔的女人非常激动地谈起'火焰'。这里的'火焰'指的是'永久罚入地狱'。我只好拿下《基督教原理》，给她们读了一段关于被上帝摈弃的人的命运的论述。他们受到的磨难是'用有形的东西比喻给我们看'。用扑不灭的火焰等象征性的东西告诉人们，'和上帝切断联系，将是多么悲惨'。那一段话就在我面前。当然是令人警醒、发人深思，而不是荒谬可笑的。我对她们说，如果你想知道地狱里的苦难是什么滋味儿，不要把手伸到蜡烛的火苗跟前体验火的烤灼，而是要仔细考量自己灵魂最卑劣、最隐秘的角落都有些什么东西。"

这部杰出的小说里没有波澜壮阔的故事，连家族史也不过是散落在书信中的只言片语，但却提供思辨，提供合上书本后内心持久的震撼。

我想到，在过去，很多文人都会拜见高僧，拜见道士，不尽是为皈依宗教，而只是为了与智者清谈，以获得人生的真谛——人生或是作为修行的所在。最终只有认识到自身的狭隘和不完满，才能逐渐使自身丰盈起来。

吃完饭出来，师兄很是惋惜 H 不见了当年的野心和抱负，而我一点儿也不惋惜，而且我觉得他的雄心壮志不过转化了呈现的形式而已。那天我还对师兄说，我很喜欢定海桥互助社的年轻人，师兄说，他们现在年纪还小，还看不出未来的成就。他说得对，

但我又忽然觉得，未来的成就大约是不重要的，重要的是我看到了现在的他们身上具备的特质，他们全然不同的知识结构，他们理性的热情，他们长远的理想，他们不问回报的自觉实践，这些东西要比未来实现什么成就更可贵。

类似的，对于 H，我觉得这些人生阅历让他收获的是自身的丰盈，这种丰盈要比利用这几年的时光写了什么书、拿到某个学位，或是得了某个了不起的奖更重要，不是吗？

师兄似乎并不理解我对 H 的这种羡慕，说实话，我真是羡慕极了！一直以来，我都用与生活决裂的方式逼迫自己前行，看起来我在努力向上攀登，但这种动力并非源于天空的召唤，而是源于对脚下深渊的恐惧。

师兄时不时问我：你这么努力，你读这么多书，但你最终写了什么呢？

我很羞赧，因为我什么都没有写，我一事无成。

但现在，我反倒觉得，如果我能够在人生的修行上有所突破，化解自身与生活无时不在的冲突，或许这些要比任何外在的肯定远为重要。

上一次见面时你说你想要来看我，我很开心，虽然同时告诫自己不要对你再抱有任何期待。而今我想，如果你真的来这片玉米地，我希望你看到的会是那样一个我。

想你，

是我。

永远有一部分自我落在黑暗中

亲爱的人：

昨晚我从得梅因飞芝加哥，再从芝加哥飞华盛顿，在这断断续续的飞机旅程上一直想着给你写信，我对自己说，如果我能够再给你写信，那这一个多月来的糟糕状态就会终止，因为我终于又能和母语重建亲密的联系——但这中间，几度打开电脑，敲击键盘，最终都是把文档的字符统统删掉，合上屏幕。

你说你有时候犹豫是不是要支持我，你说你怕太多的支持会真的让我变成"弱智"。追根溯源，我这一个月以来的孤立无援、无法倾诉都跟你或许是无心中说出的这句话不无关联。一想起你说的这句话，当我需要倾诉的时候，我无法像往常一样敲击键盘，跟你说，我们聊聊；更无法像过去那样打开文档，写下"亲爱的

人",就像一个不小心触碰到火焰的小孩,我虽向往火焰的美丽和温暖,但已没有勇气再伸出双手。

这一个月发生了很多的事,最麻烦的莫过于:我无可救药地爱上了一个同学,那我们就称呼他为 C 吧。昨天搭他的车从艾奥瓦城到得梅因,我们聊起一起度过的大年夜,那晚我订了艾奥瓦城唯一的包房,宴请工作坊的同学。我跟他说,那天同桌的美籍华裔威廉、马来西亚华裔李,还有我,我们都知道 Beyond 乐队,但你可以明显地感到我们三个人对 Beyond 的情感都是不一样的。C 说,是的,我觉得那天晚上最有意思的就是看你们三个对同一事物的不同反应。他指的还包括之后我们聊起《古惑仔》,聊起陈小春和郑伊健的时候,触碰的都是截然不同的人生经历。威廉主修音乐,所以热衷听他们的歌;李则喜欢郑伊健的英俊潇洒;而我告诉他们,《古惑仔》里的剧情总是让我想到我读书时的街头小混混,我还说,那些小混混有些是我的童年伙伴,所以我从不觉得他们真的是坏人,这跟《古惑仔》引发的情绪相仿。威廉很惊讶地问我,20 世纪 90 年代的上海,有街头斗殴?我说有啊,而且还不少。一桌的朋友都瞪大了眼睛。

我问 C 那天晚上他最喜欢哪道菜,他说是最后上的那条鱼,我说,那是清蒸鲈鱼。那晚,我暗藏私心,点了不少上海菜,锅贴、糖醋排骨、炒豆苗,还有清蒸鲈鱼。我自认没有太多乡愁的牵绊,但那一口清蒸鲈鱼似乎把体内的上海情结统统唤醒,我跟他们说,这鲈鱼做得非常好,简直像我妈妈做出来的。出乎我的意料,李也很喜欢清蒸鲈鱼,但她的喜欢跟上海没有半点关系,

她告诉我，在马来西亚，清蒸鲈鱼和炒豆苗是他们经常吃到的中国菜。我很惊讶，因为上海的马来菜从来都非常重口，虾酱、XO酱、油煎的笋壳鱼等，清蒸鲈鱼实在太过清淡，以至于不像会适合马来西亚人的口味……

之前我读顾彬的演讲《只有中国人理解中国人》时曾经摘过这样的引言：

> 词语在每一个人的思想中，以不同的方式引起共鸣；即便毫末之别，在语言中震颤，也如圈波形于水面，渐次扩大。凡理解于是亦为非理解，思想和感情上的一致，亦为分歧。（威廉·冯·洪堡）

那一晚，当发现连清蒸鲈鱼激发的情感都可以如此天差地别时，我更深地体会到生而为人的孤独。

那晚，当我的同学们感兴趣地问起"中国"，我才感慨，"中国"是个太过笼统的概念。我的经历和情感更多都限于上海，而他们之中却没有人真正了解上海。我忽然发了感慨，在美国的这个我是残缺不全的，如果他们无法懂得上海，他们就无法懂得真正的我。

C长在新加坡，他昨天在车上告诉我，在美国的他有一部分是缺失的，他的亲戚常常忘记他长在新加坡这个事实，当他们聊起他们熟知的电视剧和电影时，他们忘记这些文化符号对于他来说有多陌生。而其他人向他求证"美国"的时候也不会知晓，他

眼中的"美国"和旁人眼中的"美国"有多不同。他说，他到如今还有一个习惯，如果不开心，会看一档新加坡的电视节目，类似脱口秀，主持人开外国人的玩笑，然而那些笑点在这个世界上只有很少的几个人能够感知，他能感知，来自马来西亚的李能感知，还有很有限的别人。

"我以前把这个节目的链接发给那些很好的朋友，发给女友，但是他们会很奇怪——你干吗发给我这个？"C说。

我说，我能理解这种感受，我不开心的时候，就会把20世纪90年代的港剧翻出来重温，听老掉牙的广东歌，而这种执着，也没有几个人能够懂得。

在出国之前，和张宪光老师喝茶聊天，张老师对我说，人生路途上，大概只有孤独是最无解的。我还记得当初的我信誓旦旦，说我别的什么本事都没有，但就是有抵御孤独的耐力。他说，这叫"生命力"。然而，在过去的一个月之中，我感到我自认的这种"生命力"或许也是幻觉，我渴望着理解，却又恐惧于理解的不可能。

在艾奥瓦，我最喜欢做的事情就是读同学写的小说，那些小说确实质量很高。这周的工作坊课，芮吉娜写的就是伴侣之间的无法理解，她说，即便生活在一起半生，即便两个人默契到以为可以解码对方的一颦一笑，仍然有某一部分的对方笼罩在茫茫黑夜之中，无法接近，无法触碰。我想起先前给学生讲张爱玲的《倾城之恋》，借用陈思和教授的文化差异观点，分析当范柳原几度向白流苏表达爱意的时候，白流苏是不理解的，比如范柳原夸赞

她低头的样子很具东方人的柔美，白流苏却以为是挖苦，说自己没有别的本事，只会低头。这几天想起《倾城之恋》，感到令自己念念不忘的地方不在于这些沟通的阻隔，而在于小说前半部分的一个特殊的情景：某夜，范柳原和白流苏走在断壁残垣旁，范柳原说："……我回中国来的时候，已经二十四了。关于我的家乡，我做了好些梦。你可以想象到我是多么失望。我受不了这个打击，不由自主地就往下溜。你……你如果认识从前的我，也许你会原谅现在的我。"而后面对流苏的不理解，他突然狂躁地向其喊道："我自己也不懂得我自己——可是我要你懂得我！我要你懂得我！"

那一部分的范柳原就是落在黑暗中的自我，渴盼着理解和抚慰，然而偏偏是那一部分，最得不到理解和抚慰。

刘亮程的散文《寒风吹彻》是少数还能时时让我回味的中学语文课本上的文章，刘亮程说他儿时在外冻坏的一根骨头，永远在某个地方，在外面，被寒风吹彻。我想，我的那些上海记忆，C的那些新加坡记忆，范柳原的那些"从前的我"，也就是那根被冻坏的骨头，永远被寒风吹彻，无法得到温暖——这，才是张老师先前说到的无解的孤独吧？

因为理解太过稀罕，所以我常常错将理解当作喜欢，对你亦然。是我的学生告诉我，理解不是喜欢，尝试理解对方才是喜欢。可是，世间的事多吊诡，人与人之间所谓理解的可能被无形中框设了很高的门槛，很多人早已被拦在门槛之外，无论他们多努力，结果也是枉然。

那根儿时就在外冻坏的骨头，最终也只有我们自己能够知晓，说抚慰十足是奢侈了，但我们注定要带着这根骨头上路，时时忍受着隐痛——这隐痛，说与不说，坦白讲，又有什么区别呢？

不再奢望你懂得，不知道这算不算进步。

是我。

亲密的联系

亲爱的人：

　　距离上次给你写信不知不觉已过去一个月。上周一夜晚艾奥瓦城有雷暴，校车开到一半就频频鸣警报，大家都不知道车子出了什么问题，但是都假装没听见，希望车子送自己到目的地就好，最终司机和塔台联系，把我们统统赶下去，要我们去寻找紧急庇护。

　　你知道我向来天不怕地不怕，我打开谷歌地图，按图索骥，走回去。我问前面零散的人群有没有人也住我住的地方，找到了一个中国女生做伴。我们走在广袤的平地上，连树都没有，紫色的闪电分分钟都在绽放，把无涯的天空切分成或大或小的碎片，那个女生似乎很害怕，问我：我们会不会有危险？此时我们远远

瞅见我们的宿舍楼，我说：我们把手机关掉，可以减少被雷劈中的可能。于是关掉手机，我感到她加快了脚步，她的宿舍楼先到，都来不及稳妥地说再见，她着急地离开，而我的宿舍楼还在长路的尽头，我记得我对她说的最后一句话是：我被雷劈中的可能性比你大。

第二天和同学聊起，才知道走回去并非什么理智的选择。这位同学来自佛罗里达，是拉丁裔，非常热情，她说："Jianan，下次你给我打电话，我会来接你！拜托，不要再走回去了，很危险！"我感谢她的好意，也是那个时候，我才知道，紧急情况找人来解救自己毕竟也是仰仗亲密感的。在上海的时候，无论多晚，无论在哪里，我都可以找你来接我，我也只会找你来接我，因为我知道，你一定会问我："你在哪里？"然后你一定会说："我很快就到。"这种妥帖在异乡是很难找到的。

我现在学习着寻求帮助，会找同学载我去超市，周五放春假前有一大堆书要搬回来，我也找同学来接我，然而这毕竟是不同的，礼貌和友善不等于亲近，更多时候是在拒绝亲近。

C 知道我喜欢李翊云，上周日送了她的新书《亲爱的朋友，我从我的生命写进你的生命》（*Dear Friend, from My Life I Write to You in Your Life*）给我，这是李翊云写于两次自杀未遂住院治疗期间的随笔集。每一章节都让人心碎。我刚读完"Memory Is a Melodrama from Which No One Is Exempt"这一章节，文中李翊云谈起她重读茨威格的中篇小说《一个陌生女人的来信》，感慨写信女子指责收信的作家"简直毫无人性的健忘"，然而在李翊云看来，

这个女子选择在生命的末途把一己的巨大创伤加压给另一个人才是"毫无人性的"。

这些文字让我震惊，因为我也正在写一系列的信，我也在犹豫是否应该写完就一把火将它们烧作黑蝴蝶。上学期我参加著名作家，也是艾奥瓦作家工作坊荣休教授 Allan McPherson 的纪念会，碰到了他的邻居，一个 49 年前就来到美国的华人，他小心翼翼地问我：你是中国人吗？我说我是的。他很高兴，然后跟我分享 McPherson 是个多么慷慨、多么善良的人，即便只是作为一个邻居，McPherson 也总是为他人着想，从不计较自己。

慷慨和善良也是那天纪念会众人对 McPherson 的印象，系主任 Sam 说，她还记得她在艾奥瓦就读的时候，跟 McPherson 聊到一本书，McPherson 问："你有没有读过这本书？" Sam 摇头。接着 McPherson 就披上大衣，戴上帽子离开了办公室。Sam 说："我不知道他去了哪里，我就在他的办公室等。等了半小时，我在犹豫要不要离开，或者他有什么急事要办？后来我又等了半小时，他回来了，手里拿着那本他刚提到的书。"

然而，在李翊云的文章里，慷慨和善良背后蕴藏的残酷真相是可以接受检视的。当 Pancake，McPherson 曾经的学生和朋友，自杀之后，他的母亲恳请 McPherson 为他的小说集写个前言。他母亲在给 McPherson 的信中写道：他总是乐于给予，但从来没有学会过接受。他认为自己不配得到任何礼物。这一点和 McPherson 何其相像，李翊云回忆了 McPherson 慷慨的赠予。但是，这样的一对师友，在友谊历程的晚期，McPherson 在收到 Pancake 寄来

的包裹后会放在一边几个月不打开，直到他听说后者自杀身亡的消息。

总是选择赠予的人是不是真的不需要回报？慷慨和善良是不是在印证内心深处的孤独和羸弱？慷慨和善良现在也似乎成了我留给同学的印象，C 对我说："你不该每次都这么慷慨。"我还记得我回答他说："我就是这么对朋友的。"

即今，我读到这些文字，才深深感到，自我无法经受剖析，很多问题不能问，也不能答，因为所有质询都直剜内心，血流不止。我会想到年少时有很多热情的朋友，那种常常热面孔贴冷屁股也不会计较，仍旧发光发热的人。实话说，我很羡慕这样的人，甚至很想成为这样的人。可是，又是在某个不经意的瞬间，忽然知晓某个这样的朋友其实背地里孤独无依，甚至遭受深度抑郁的袭扰。人的表层和里层相去甚远，人与人之间的亲近亲密又那样稀有、复杂，而且随时会崩裂。

亲爱的人，我不也一样感到你既亲切又遥远吗？或者这是人与人之间的日常，而我过于敏感和苛求了？

C 在给我的赠书扉页题了字：

亲爱的朋友，
希望你继续求索……

我知道他指的是我过去那段时间陷入的低谷，他希望我振作，希望我保持乐观。今天看了 1964 年汉娜·阿伦特接受君特·高

斯采访的视频，有一段谈到"求索"，阿伦特说：

我们把自己的困境编织进了一个关系网里，从来无法预知与人交往的结果。我们都必须去说：请主原谅他们，因为他们不知道他们在做什么。这话适用于所有行为。这是一个简单的道理，但真真切切，因为没有人能够知道。这就是求索的意义。我会说求索只有在人类心存信任的时候才是可能的。这种信任没法规划，而是源自最原始最基本的对于"什么是人"的信任，用这种信任去看待所有人。不然这种求索是不可能的。

阿伦特所言的"求索"更多是政治上的、社会活动上的探索，需要永远相信人性的光芒。但是，我脑海中翻腾着《一个陌生女人的来信》，某些试图建立亲密联系的尝试，会不会早已背离了人性的光芒？

艾奥瓦是座太过寂寥的小城，想念你，

是我。

我转不动了

亲爱的人：

我已经"停转"快一周了，这周以"暂时性的情绪崩溃"（a temporary emotional breakdown）为由没去上任何课，本想再逃到芝加哥看一看水泥森林，听一听地铁和轻轨的怒吼，在麦迪逊大街寻找外滩的影子，但昨天起来是那样灰蒙蒙的阴雨天，大风吹，于是哪里也不想去，待在寝室给自己烤了些猪肩肉，吃完睡，睡完吃，唯独不看书，昨天好像是自高中以来除了生病之外唯一一天睡着的时间超过了醒着的时间。

我不知道是什么让我更伤心。是因为我上个周末做了糟糕透顶的事情，还是因为我即将要面对的别离？

上个周末，我人生中头一次感受到自己的无知、愚蠢和自私

可以如此伤害别人，也是人生中头一次充满罪咎。每个人的自我深处似乎都暗藏着一个黑洞，我被这个深渊照见的陌生的面庞惊骇到了。吊诡的也在于，正是在这样的罪咎、委屈、痛苦之中，我似乎更接近了美国文学——政治从来不是美国文学的核心，美国文学探讨的永远是个体的处境，宗教信仰无法完全安放的灵魂。最近一个月来，我都沉浸在约翰·契弗的小说里，但是事情发生之后，我像平日一样半是为了消食，半是为了愉悦，捧起他的作品在房中边散步边朗读，竟然不忍卒读，而且泣不成声。

在题为《玛莎·弗林的麻烦》这个短篇小说中，玛莎和绿荫山（Shady Hill）地区的外来者马康成为好友。有一晚，她的邻居马克敲门，命令她不要再见马康。玛莎说："那不成，他今天晚上就要过来。"于是马克就开始说，这家伙是豺狼，这家伙是浑球，你现在就给他打电话，让他今晚不要来了。

见玛莎无动于衷，马克就开始说他大学时的往事，说他学校里有个和马康一样讨人厌的浑球，没人跟他说话。因为自己向来喜欢交朋友，就出于善意跟他说话，然后发现自己是全校第一个和他说话的人。马克请他到寝室做客，做一切能让他感到自己被这个群体所接受的事情。

"这是个彻彻底底的错误！他先是开始跟学校里的每个人吹嘘他要跟我一起做这个，一起做那个。然后他跑到主任办公室说他要换到我的寝室里来，而且他自说自话搬过来，连问都没有问我一声。然后他的妈妈就给我寄难吃的饼干，然后他的妹妹——我从未正眼瞧过她一眼——就开始给我写情书……"

马克说:"一旦你缠上了这种浑球,不管你跟他们说什么,你永远都甩不掉他们。"

最后玛莎当然是叫马克滚出去,然后那晚,当马康来玛莎家拜访时,玛莎看着他脱下橡胶雨靴,突然充满了从未有过的同情和怜悯。

如果这个小说我是在国内读,和大多数读者一样,我只是把契弗归入描写美国中产阶级无聊琐细的生活的那类作家,然而我如今再读,感到契弗的重心完全不在这里,绿荫山这个中上层居住社区只是他的材料,并非他的目的。他的笔下是每一个人的可悲之处,那个对别人指手画脚的邻居马克,话语里充满了自我标榜——善良、外向、帮助他人,然而他的自我优越感实则是建立在对他人人格的扭曲和贬低之上,而这种自我优越感也成了他存在的唯一价值。在这个小说里,让我感到可悲的不是马康这个一无所有的外来者,反倒是马克。

每周二中午我都跟随艾瓦学习《圣经》,上个周二,当我们在读《拉撒路复活》,忽然有个流浪汉拉着凳子坐到了我旁边,他先和我握手,说:"你们在读耶稣,我也很喜欢耶稣。"然后他就坐在一旁,艾瓦解读的时候,他频频插嘴。最后他离开之前,又和我握手,然后希望我给他一个拥抱,我拥抱了他,闻到他身上浓重的酒气,等他开始对我说胡话的时候,艾瓦说:你可以离开我们了。他离开前和我说的最后一句话是:年轻人,不要相信她(艾瓦)的教谕。

这周二是我这周最后一天去学校,《圣经》学习没有请辞,艾

瓦提起了上周的这件不愉快的小事，说："如果我是你，我才不会给他拥抱。"然后她又说："但我知道，你当时没什么选择。"

我多想说，不是这样。我也可以叫他走，但我觉得一个拥抱没有什么大不了。但我当然没有说，我想一定又会被人取笑我的天真和愚蠢。然而当我这周陷入彻底的"停转"，我会感到艾瓦的慷慨有着严格的疆域，而我身上的或许不是善良，而只是愚蠢。我后来写的道歉信里说，我们能不能把这一切看成是无知、愚蠢、自私的人类会做出来的傻事，然后一笑了之？

然而，我知道，尽管此事我得到了原谅，我也必须面对在这里之后更荒芜的岁月。就像一个小孩子，他原本坐得好好的，自己玩自己的，什么都不要，一个小丑硬是要送给他一只气球，等他拿到气球后，气球玩着玩着爆掉了，他号啕大哭，原本开心的日子转为悲伤。

这就是我目前的处境，我的气球爆炸了，而我很难回到没有气球之前那种自给自足、每天如机器一样运转的时刻。更困难的是，我知道这不是普普通通的气球，或许是这一生都无法再寻到的惺惺相惜。我很不愿展现自己孤独和脆弱的一面，但我现在越来越感到，艾奥瓦作家工作坊之所以能出来这么多作家，完全拜孤独所赐。工作坊将这么多喜欢写作的人聚在一起，大家相互交谈，以为很容易交到知己好友，才更确知知己难寻。写作的人各有各的古怪和丑陋，能在现实中找到人聊文学实在是奢侈，这种奢侈大概也只有我们心知肚明，于是在这里大家体会到了更深切的孤独，我再次怀疑要不要在这条黑黢黢的隧道里继续往下走，

我原本感到自己充满勇气，而今只感慨自己不过也是逞强的肉身。

刚过去的一周，给国内一家文学期刊翻译了一篇之前没有中译的契弗的短篇，短篇里有个人物，她原本觉得，自己现在的生活是美好未来的序曲，这美好未来可能下月就要开启，又可能再下个月。然而，随着年岁渐长，她知道这个希望越来越渺茫，甚至更清楚自己现在的生活不是什么序曲，而是尾声，她透过这团未来的迷雾，只能看到棺材形状的东西。

巴恩斯《终结的感觉》中提到人生的终结不是死亡，而是人生中没有勇气再做出任何改变的时候，其实我想更确切地说，应该是人生中所做出任何的改变都不再具有实质性效果的时候，但这好像就是人生的真谛。契弗有一篇写罗马的小说，一个在罗马出生长大的美国男孩从未到过故国，却心心念念要回到美国。他的母亲对他说："这世上有一半的人每天都想家。我觉得你太小，可能不会明白。当你到了一个地方，你就会想去另一个地方，这不是像搭艘船这么简单。你不是真正渴望去另一个国家，你是在渴望你身上并不具备的那个自我，或者你自我中缺乏的那种特质。"

如同一个无能的人一定要装得活力四射，如同一个软弱的人一定要装得坚强，这好像就是我，一直以来的我。我累了，转不动了。

想你，虽然想念也无济于事，

是我。

迷茫的终结

亲爱的人：

　　我回到上海已经一周，再逗留两周我就准备回到那片除了文学一无所有的玉米地。

　　阔别家乡一年再回来有一种奇妙的感觉，母亲第一眼就感到我的变化，问我是不是长高了。已经不再年轻的我自然觉得这只是长时间的思念让母亲产生的错觉，然而，洗完澡后我对镜端详，发现镜中的那个自己既熟悉又陌生，我的面庞苍老了十岁，我的身材变得高大。回来后的第三个夜晚，我需要赴自己虚岁三十岁的生日会，我把原来的衣服一件件拿出来套在身上，穿当然能穿，然而穿上去却发现完全不是一年前自己的样子——我彻底失去了一年前的自己，而眼前这个全新的我让我自己都感到陌生，并且

和所有陌生的事物一样让我感到莫名的恐惧。

我原以为我的母亲会说些什么，说那些很多亲戚或朋友会出于好意说的所谓关心的话，指责我睡觉睡得太少，告诫我长此以往对身体不好，又或者像我在艾奥瓦认识的那位中国留学生朋友一样质问我："一个女生给自己这么大压力做什么？"然而我母亲什么也没说，我感激她沉默的素养，并感激我拥有的是这样一位可以沟通的母亲。我无意中对她说：啊，我老了好多。她只是轻飘飘地说了一句：因为你这一年很辛苦。我开玩笑地说，明年回来，你会看到我再老十岁。她笑说，不会，你也就是今年这个样子了。

回来之前，美国同学总是问我，课程结束后你会留下教书吗？我说我很犹豫，我说这里完全有助于我的文学生涯，但我在这里没有个人生活。塔米可紧接着问我，到底有什么东西是你在上海所拥有的，而在这里所失去的？我想了很久，竟然回答不上来。

这几日在和外滩教育合作录制全新的课程，遇见了年轻的猫仔，猫仔跟我提起她之前在北京为著名戏剧导演林兆华做助理导演的经历，我们是就着一碗红烧半筋半肉牛肉面和一盘鸡扒饭聊起这个的，我的牛肉面刚吸到嘴里，马上感慨说，这样棒的艺术家你一辈子或许只能遇到一次！

猫仔也很兴奋，问我："你知道林兆华？很多人已经不知道他了！"她讲起林兆华的艺术眼界，他精神上达到的真正自由的境界，以及他对年轻的她的赏识，但话锋一转，猫仔说，我虽然在

那里很开心，但我最后还是离开了那里。我看我的同学读博的读博，结婚的结婚，赚钱的赚钱，大家似乎都很成功，我也想尝试找一份体面的工作，安定下来。

从懂事起就听过古希腊的名言：性格决定命运。但当时懵懵懂懂，只觉得这是宿命论的某种诠释，要到青春逝去，我才能从中体会出更苦涩的道理。我看着比我年轻几岁的猫仔，想着如果我是她，我一定不会放过这个跟随大导演学习的机会，因为这个机会我错过了可能一辈子再也遇不到。

猫仔说，她很容易受周围人的影响，所以容易迷茫、犹豫。这多像几年前的我，在人生的岔路前我也很迷茫，难以做出选择。我只是对她说，你还年轻，可以多去尝试不同的路径，然后你就知道自己要什么。

然而对于年轻人而言，最听不得的就是这句"你还年轻"，上一学期美国作家阿兰·葛甘纳斯来艾奥瓦作家工作坊给我们开课，说人生的悖论之一就是，你们这么年轻，却很着急，像我这么大年纪了，却一点也不着急。他七十多了，温文尔雅，侃侃而谈，慷慨地把时间分配给我们这些毛毛躁躁的年轻作家。

是和猫仔聊完之后，我回想自己，突然感慨，我真是会说别人，不会说自己，我如今在艾奥瓦作家工作坊，不也类似猫仔跟随大导演工作一般吗？苦、累，甚至转换语言带给自己的挑战和对于未来的恐惧也不过只是每个人在每一个人生关口都会有的感受，要不要继续求索，我的答案应当已经很明确了，虽然在那座小城的我孤寂、压抑，但我其实是快乐的，我现如今做的每件事

都是我喜欢做的，进入美国文学传统，把这些阅读感受分享给国内的读者，用英语探索虚构和非虚构写作，把我喜欢的中文作品翻译成英语，和外滩教育合作开发课程，或许多年之后，我回想曾经，这就是我最美好的人生阶段。

在这次回国之前，我曾经抱着过去的念头，想多去拜访几位我非常尊敬的前辈，从他们口中收获经验、智慧和建议。现如今，我忽然发现，这是个非常中式的处理问题的方法，在我们的文化中，我们崇敬年长的人，我们认同他们吃过的盐比我们吃过的米还要多，然而，我们在寻求帮助的时候或许忽视了，他们和我们是完全不同的个体，他们的经验很多时候于我们是无益的。

一年前，为"正午故事"采访著名作家李翊云的间隙，我向她讨教她在艾奥瓦作家工作坊学习的经验，她告诉我，她从来没有跟同学去过一次酒吧，从来没有去过一场派对。而我，去的第一周就无法保持这个纪录，后来的我不仅是派对的常客，还是派对的组织者和邀请者。有一天晚了，我打电话找一个美国同学开车送我回宿舍，我对他说起李翊云的这个可怕的纪录，我说，我不行，我喜欢和人在一起。同学笑了笑，对我说，那是因为你们本就是不同的人。

这么简单的道理，我竟然到了近三十岁才明白。

昨晚见了年轻的作家王苏辛，我很喜欢苏辛现在的状态，苏辛也觉得我现如今的状态很好，这个所谓"好"的状态并不是指我们的生活没有烦恼——相反，人活着一天，就有无穷的烦恼；也不意味着我们的人生未来没有挫折，人生无常，各种意外不由

人的计算——而是，我们都不迷茫，我们都知道了自己是谁，自己喜欢什么，自己想要做什么，那剩下的事情很简单，自己的事情归自己，命运的事情归命运。

我笑说，自己苍老了许多。苏辛说："你要习惯喜欢现在的自己。"

她说得是。

换个角度想，一年的光阴苍老十年，我是更快速地收获了人生的经验，这是罕见的机会，我应当为此而感到自豪。

见字如晤，此番回国，我决定不来见你，在我没有习惯这个陌生的自己之前，我希望你眼中的我还是记忆里的模样。

是我。

年轻时候的爱情

亲爱的人：

终于，你成了纸面上的那个你，再也不是现实中的那个你，这样很好，正因如此，现实中不再有失望。

前段日子去北京，住在大一室友阿玉的家里，她的先生刚去美国，她随后也要过去。两三年没见，甚至联系也很稀少，我们竟然还能一连说上三日，简直有不眠不休的兴致。她给我看她发给先生的微信："佳楠跟我有说不完的话，但是和你，我们现在没话好说。"

我们静下心来分析我们为什么如此享受整个聊天的过程——我跟她说起我在美国读到的一本传记，讲这位作者最初感知那场十年内乱的来袭完全源自一个细节，某日一名年轻的官员未等保

姆通报，径直走进客厅，一屁股坐到沙发上，跷起二郎腿，并朝地板吐了一口痰。作者分析吐痰的行为，说这个年轻的官员希望借助野蛮的举止向别人宣告并不属于自己的权力。

我说起我们成长时期都亲眼见证的随地吐痰的恶习，猛然觉得，这绝对不是古已有之，而跟这场内乱有直接的联系。

阿玉回应我说，我同意，你看噢，中文里有"唾弃"一词，完全可以看到过去的人对吐痰这个行为是不齿的。

她的回应让我豁然开朗。

三天的时间，每一次对话都迸发出这样的火花，又如她与我分享她新近读的书，说人类保留了很多史前时代的心理恐惧，代代相传，比方说怕黑、惧怕爬行类动物等，很可能和人类幼年的生存状态有关。

我完全同意，补充了一条我从耶鲁公开课里听到的猜想，人类的心理也可以进化，比如人类的幼年有近亲结婚，而现在人类几乎先一步打消了和兄弟姊妹产生爱情的可能。

"我和我先生刚认识的时候也是像我们现在这样有说不完的话，但是现在，我们聊天时，已经不能相互激发了。"

阿玉借机想开解的是我的处境，倘使我能再遇见一个像 C 那样的人——这几乎已不可能，退一万步，即便遇见——是否过了几年，也会如她和她的先生这样，再也擦不出火花，到时要如何是好？

或者，那种我们理想中两人永远有火花迸发的交往状态，是不是根本不可能存在于现实之中？

她不知道的是，和她告别返上海的当晚，我见了一个不该见的人。说不该见，因为我料想见面只会失望，但我没有料想到的是，失望的程度远超我的预期。

我说起美国的生活让我直面西西弗斯的命运，这种猝不及防的醒悟令我恐惧生命的荒芜和空虚——是的，如今"空虚"于我不再是一个挂在嘴边、为赋新愁的点缀词汇，我说我在寻找方法，我的作家同学找到的方法是追求文学中的美。

"因为美通向善？"他问我。

我忽然不知怎么解释才好，如何才能告诉他艺术中的美可以是超越善恶的存在，我搜刮着例子，日本文学的耽美倾向、波德莱尔的《恶之花》、还是哥特电影里的黑暗美学？然而这些似乎都远非我的本意。最后，我只能说，美的领域无涉道德领域。

就像两个风格迥异的人一起打球，球经一个回合就落了地，于是对战的双方永远处在俯身捡球的仓皇之中。

这样的见面如此伤人，因为就在不久之前，这个人和我都曾认真地考虑过要不要发展一段严肃的关系，而今却发现，我们根本是不同世界的人。我甚至会想，是我们原本就是不同世界的人，还是因为没有经常沟通致使彼此走向了不同的世界？

我想答案应该是前者。

回想起来，年轻时的爱情多么容易？年轻时的友谊似乎也很容易。我们和很多人都有说不完的话，时常是在学校里聊上一整天，回了家还要再发短信，再打电话，没完没了。亲爱的人，我们曾经不也是如此？

是什么时候开始，连遇到一个能聊到一起去的朋友，都变得如此艰难了呢？

阿玉问我记不记得她大学时一直一起玩的同乡，我说记得。她告诉我，她们自毕业后就几乎断了联系，后来应该只见过一面，当时她的同乡想回家考公务员，因为她的理想生活就是相夫教子，结果她们很难再有共同语言。我说我也有类似的经历，我大学最好的朋友毕业后没多久给我发结婚请帖，顺便问我的近况，然后，她不无感慨地说，以后我们出来，我聊我的老公和孩子，你聊你的写作，我们很难说到一起去。

一语成谶，我们果真再没有碰面。

年近中年的可怕就在于回首青春岁月，会看得特别清晰，因为只有当青春流尽，人才能够掌握关于青春的知识。

学生时代的我们其实都异常孤独（或者说人生中初尝个体孤独的滋味），虽然当时的我们不全懂得这种孤独。

因个体尚未成形，我们多半带着对同龄人的好奇，我们中的很多人对音乐缺乏兴趣，大学毕业后自动远离流行歌曲，然而中学时代的流行乐曲我们几乎都能哼上几句，原因或许是当时的我们尚无勇气说出自己根本对流行乐无感，于是同伴的爱好占据了自己生活的一部分。

很多人毕业几年后会有老同学"性情大变"的错愕，实际上人并没有变，只是沿着各自的轨迹走得更远了一些。

大学时有个新加坡同学问我的问题至今还深深印在我的脑海中："你说，我们对于爱情的表达有多少是来自偶像剧的塑造？又

有多少是发自真实的内心？"

我回答不了。因为我眼见的，甚至亲历的爱情都带着浓重的被青春偶像剧浇铸的痕迹，送花、送巧克力、送半人高的毛绒熊，为了维护女友而跟别人干架，知道女友生病立马带着药箱出现在女友家门口，夜深了还在女生宿舍楼下弹吉他唱歌……如今想来，这些浪漫的爱情表达方式都有一个特征——需要观众，需要有人看到自己爱着别人或者被别人爱着，需要确认旁人羡慕嫉妒恨的目光，似乎正因如此，自己才能成为众人的焦点，才能成为特别的那一个，才能存在，而这，会不会只是用来遮盖我们的普通甚至平庸？

我的非虚构课的教授帕翠霞坚决反对一切形式的浪漫化。她两次提到一些作家有美化"贫穷"主题的倾向："他们根本不知道什么是贫穷，他们根本不知道贫穷会给一个人留下怎样的后遗症，他们的浪漫化是淬过毒的。"

还有一回谈到浪漫化爱情，我忘记自己提了部什么作品，帕翠霞说，你不能用那个例子，因为那个例子是好莱坞电影，好莱坞电影都经过浓重的浪漫化处理，也都是不真实的。

年轻时的我们，多么热衷把自己浪漫化？爱情，可以上升到一生一世，上升到付出不问回报，也可以上升到为所爱之人寻死觅活；就连友谊，或是受了《古惑仔》的影响，也是要上刀山下火海，不求同年同月生，但求同年同月死。

如今的我不会说我们曾经天真或者幼稚，只是感慨，浪漫化或源自当时的我们对于未来的迷惘，对于自身的茫然，所以我们才把人生的幸福简单化，把对方想象成自己困境的救世主，或者

把自己想象成对方生活里的大英雄。张爱玲的《茉莉香片》里聂传庆对言丹朱说："丹朱，如果你同别人相爱着，对于他，你不过是一个爱人。可是对于我，你不单是一个爱人，你是一个创造者，一个父亲，母亲，一个新的环境，新的天地。你是过去与未来。你是神。"这就是青春的爱情，聂家的压抑和传庆的懦弱似乎都可通过爱来挣脱，显然，这不可能。

浪漫化的或许不完全是爱情，更多是人生。对于人生我们有着很多梦，在每一个人生的节点，我们都以为实现某个梦，人生就可以收获成功或幸福。多年前，出国念本科还没有如今这么普遍，中学同学的弟弟天天吵着闹着要家里人送他出国念书，说："你们看着，我到外面肯定混出成绩给你们看。"

他把出国这件事情浪漫化了，以为这是一劳永逸的事。爱情也相仿，司汤达写过一则著名的故事，一个年轻的旅客在旅途中不可救药地爱上一位夫人，夫人毫不知情，待旁人暗示后，夫人才察觉，马上采取行动，她带了一截结着盐分子结晶的树枝给这个年轻人，当年轻人感叹：真漂亮，晶莹剔透，简直像宝石，夫人才假装无意地说道：这是盐井矿里的特产，树枝放上三月，就可结出这样的结晶，其实那不过是盐分子而已。

这几年，包办婚姻被多次重提，我们也都知晓学者研究的结果，长久看，包办婚姻的幸福感超过以自由恋爱为基础的婚姻。这其中很重要的因素大约就是去浪漫化，既然一开始看到的就是树枝，而非结晶，就不会听到"美梦破碎"的响声。人生或也如此，早就看清一切梦境皆是幻象，也就不会一而再、再而三地陷

入自怜和自伤。

因为一份书稿的原因，刚回到寂寥的小城就必须重读古希腊神话和史诗，倏地撞见一条解读，我们都知道潘多拉的盒子最后剩下的是希望，但这个盒子一开始装的就是罪恶，也就是说，希望是以罪恶的一种形式存在的……我将"希望"看作浪漫化产生的危险幻象的同义词，赞叹古希腊人的智慧真是超群。

我的伯父曾抱怨我们这一代几个表兄弟姐妹之间联系不够频繁，好像就是在他的强行要求下，我们才在饭局上掏出手机，别扭地加对方的微信，然而没有用，加了之后我们也并不联系，仍旧只是在逢年过节的饭桌上应酬似的重聚。

我想过，那天晚上见到的老友，如果我们当初做出不同的决定，如果我们因此而时不时保持联系，会不会就可以削减距离？

一想起我的亲戚，答案多半是否定的。

老友那晚说，两个人长久以后出现的问题更多是源于太过熟悉，所以厌倦，不再有新鲜感。他说出那话后，我又感到俯身捡球的疲累，因为我的理解刚好相反，使人厌倦的是一成不变的生活，两人之间的问题则是因为陌生，是因为走着走着，忽然两个人的距离就扯远了，忽然对方就成了话也听不懂的外星人，正因为曾经的熟悉，所以更难容忍如今的陌生。

这种陌生感在年轻的时候也很难发生，年轻时候的爱情，最后多半可以归结为一句对美好未来的展望：面包会有的，牛奶也会有的，想到这些就可以紧紧相拥，振作精神，然后一同做着白日梦。两个人之间真正的距离往往产生于遭遇苦痛的那一刻，那一刻，才

发现原来自己一直信任的另一位全然感受不到自己悲哀的浓度。

我在小说里写过这个故事，这个故事是一位大学挚友讲给我听的，女主人公学生时代的男友遭遇母亲的自杀，而她当时不知情，自以为是地抄一首普希金的抒情诗，聊以安慰对方，没想对方再也不跟她说话——她要到多年后遭遇表姐的身故才明白，那种鸡汤式的安慰方式伤人至深。

然而，很多时候，偏偏是青春渐逝之后，人生的黑暗才刚拉开帷幕，也常常是在这样的时候才发现，曾经以为的懂得或许不过是凑巧而已。阿玉说："以前一有不开心，我就会给朋友打电话。现在，也就不说了，自己往心里去，久了也就习惯了。"

很多时候，说了也无济于事，因为再也得不到妥帖的安慰。如果还能有幸碰到能在人群之中安慰自己的人，应当珍惜，但也不必强留。杨德昌电影《独立时代》里小明对茉莉说："我们能在茫茫人海之中相互安慰，这种感情本就很感人。但是，茉莉，我们不要想那么远，好不好？如果我们没有像今天这样空空如也的生活，这种感情也许就不存在了。"

这是很多年前的事了，那位新加坡同学有一回把他母亲对他说的话发到脸书上——"过了你这个年纪，我不再渴望爱情，我这么说不是因为有了你和你爸的缘故。"

当时的他横竖都想不通。

不知道如今的他是否明白，我已经明白了。

保重，

是我。

我对上海的爱与恨

亲爱的人：

　　几天前，母亲在微信上留言说起她做的梦，上海正下着中雨，我和她同打一把伞走在路上。我大约提出要"体验生活"，而她大约不同意，于是我就倔强地站到绵密的雨里，她一气之下甩掉雨伞，独自淋雨回家。

　　这个梦是这样使我伤心，因为我知道梦里满是母亲的思念，但更残酷的是，我却没有在同样地思念她，或者思念家。

　　艾奥瓦已开始告别零上的日子，我的睡前仪式中有一项是重塞被套。这床被子从家里带来，芯子是高中住校时发的，被套是家里用旧的，里子小而套子大，如果晚上偷懒不重新整理，睡到半夜被芯定会溜到某个角落，手里抱一床被单——这样冻醒的时

候，脑海里常常浮现一个譬喻，好比忽然发现怀里的爱人是一把冰冷的柴骨。

这让我想到大学的冬天，只有一床被子，实在冷得受不了，就把我那只半人高的长毛绒大熊压在被子上，以此挨过漫漫寒夜，然而，一觉醒来，双脚从未温热过。我和母亲提过几次，然而四个冬季这样熬过，也未多一床被子。

这些话语说出来是残酷的，该忘掉，该藏在微笑背后，带到坟墓里去。并且我已长大，甚至已离开，一切都无须再提。然而我在新小说《不吃鸡蛋的人》里写的不是我个人与家人间的纷扰——我的母亲已做了她所能做的全部——我所触碰的是这座城市。在她这个寻常百姓无尽的焦愁与担忧中，我也终日游走在悬崖边缘，倘若松懈半分，我的世界就将天崩地裂，也是因为我们都需要担着这份小心，我们能够给予和得到的爱也总是缺斤短两，或是少了一床被子，或是被套和被子不相匹配。

夏天短暂回上海的时候，不知是有心还是无意，我见的多数朋友都是在沪奋斗的异乡人。跟他们在一起时，我感到舒服、"有聊"，从他们身上可以看到生活的热情——我把这些告诉一位中学老友，他却答复我道："那是因为他们是外地人，在上海有生存压力，不得不努力。"

我说不清为何这话突然令我震怒——这难道不是我的父辈们一贯的口吻吗？我应当从小听到大，不感到意外才是。我没有当场表达我的不满，并非出于礼貌的需要，而是因为我无法陈述这其中逻辑的漏洞，直到和前同事吃饭叙旧。

"你有没有听过一个提法，会来深圳的都不是安分的人？"俞老师问我。

我想起多年前我俩曾讨论过民办中学和公办中学教师的个性差异，我说起自己推掉一所重点中学教职的经历，笑着说，如果当时选择到那里工作不知道会怎么样？俞老师却斩钉截铁地告诉我："你不会的，因为你的性格决定了你不在乎编制。"

一句"不得不努力"把所有的进取全部归结为外部的生存压力，将他们的自身因素一笔勾销——正是因为内心还有一团火尚未熄灭，他们才要在大城市里挣扎，而非在小城里过安逸稳定的日子。

引起我反感的另一个原因或许还有这句话的潜台词——上海人，反正有户口、有房子，不用这么拼。其实这个口吻我该多么熟悉，无数长辈会说：你一个女孩子，好好找个人嫁了就好，何必这么拼？

我的新书里仍有父亲这代人的影子，在从小到大的无数家宴上，他们畏畏缩缩，苟且度日，终于到了一天，他们发现自己的日子不如意，或更精确地说，是"不如人"，他们不是把矛头指向外地人（抢了他们的工作），就是将利刃挥向自己的亲人（盼着日子好过的亲人出点难堪）——而我，或者从来就是家族的叛徒，因为我心里无数次声讨我的父辈们：你们凭什么不努力？

我深爱着我所生长的这座城，但是这深爱背后隐藏着深深的怨恨，有多少爱就有多少恨。

上海人有一句话，叫作"吃相不要太难看"。这或许是上海人

生活的中庸之道——这座城嫌恶野心勃勃（或说野心直露）的人，上海人讲究"体面""洋气""时髦"，他们崇拜那些看起来不费吹灰之力而成为"人生赢家"的成功者：绝不能对客户穷追不舍，而需要一边坐在能望见黄浦江的落地窗畔饮着英式下午茶一边把合同谈成；绝不能为了学术不眠不休、蓬头垢面，而需要打扮靓丽，穿梭在一个又一个五星级酒店的高端峰会里，和那些圈内的大牛交换名片，谈笑风生。

如今，隔着一个大洋的距离，我回望这种上海人津津乐道的"精致"的文化，更感到这其中的虚假，乃至荒谬和愚蠢。我们把多少精力浪费在追求这种"毫不费力"的假象上？好比中学生的幼稚，一定要在学校里假装自己成天游戏人间、虚度光阴，回家后通宵达旦苦读以锁定好成绩，这样同学或许会封他一个"天才"的虚名——等我们真正成熟后才发现一个更为残酷的真相：天才不仅比平常人聪明百倍，且比平常人努力百倍，这种努力从来没有被天才有心藏起，而是被后人有意漠视。然而，这种"成功"的假象却成了这座城的妆容，成了当代中国的虚境，无数人被吸引着、怂恿着、裹挟着，做着"中产"梦，沉迷于充过气的自我，完全意识不到自身的虚伪、自私与懦弱。

我的长篇写的就是这种复杂的，我或许很难用理性话语表达的，对自己、亲人，更多是对上海的爱和恨。这个长篇是个意外，两年多前，我在申请目前就读的艾奥瓦写作项目，需要提交的小说稿件全无着落，我却突然起了念头要写这个小说。当时的我有着年轻人不知疲倦的身体，白天上班，晚上一回家就写，写

到凌晨两三点，然后至多睡三小时，就得爬起来赶地铁，就这么像周身被火烧灼了一般地写了两个多月。如果我没有记错，完稿正好是五一假期，也是那一天我的编辑王苏辛来上海，到我家小住——当时完全不知道她会成为我的编辑，成为这本书的编辑，甚至于，那是我们第一次在现实生活中见面，她刚决定弃用笔名普鲁士蓝，改用本名写作。她来的那天，《不吃鸡蛋的人》刚刚打印出来放在我房间的案头，这也是这个作品最初的标题……如今想来，人与人之间，人与书之间的缘分是如此奇妙。

这是一本我本应带进坟墓里去的小说，写完的时候，我甚至觉得我把我此生所有的情感都倾注在这些章节里了——我耗尽了。这不是一本野心勃勃、渴望抛掷形而上学大问题的鸿篇，而是我对于成长岁月的真诚回望，这是一个家族故事，也是一个爱情故事。事实上，我写的时候对自己说，这一次，我只想写一个纯粹的爱情故事——可能是我写作生涯里唯一的爱情故事——我只想写属于我的《伊豆的舞女》，属于我的《国境以南，太阳以西》，属于我的《情人》。

我一度想把书名改作《暗夜情书》，然而苏辛、淡豹、张悦然，还有韩松落老师都告诉我，这不只是一个爱情故事。我感到欣慰，但也有些惘然。

这是一本我告诫母亲不要去看，甚至对于亲爱的人你，我也希望你不要翻开的小说，因为故事虽然是虚构的，但所有的情感都是真实的，她会心碎，你或者不会——天知道，那一年，我是怎样用胶带把碎落的心粘好，然后孤注一掷，离开这座伤心的城市。

这是我的第一部长篇，我没有给它写后记，但是借着这个机会，我特别感谢苏辛，她在书里看到了一个更博大的世界，感谢方悄悄和梁捷师兄，他们阅读了书稿最粗糙的雏形，感谢我昔日的同事张宪光老师和李博老师，他们阅读了我修改前和修改后的两稿，给了我很多宝贵的意见。我记得，张老师指着其中的一个章节说：这个场景写得感人。我向他坦言：这个部分，我是噙着眼泪写的，也是那个晚上，我才明白"噙"这个汉字的含义，我很努力地让眼眶拘住饱涨的泪水，不让它们落到纸面。

感谢韩松落老师，他多年前为我的小说集写荐语，如今又为我的长篇作序，我无以为报；感谢淡豹，我本想托她写荐语，她读后洋洋洒洒地写了一篇评论文章，犀利，精准；感谢悦然，那段日子她的新书《我循着火光而来》刚刚出版，她无暇分身，却要遭受我每天的短信轰炸。感谢上海作协，这是作协2015年的签约作品，今年夏天在上海只待了三周，却每个礼拜都去作协吃饭聊天，作协似乎真成了我的半个娘家。

我们常把作家和作品的关系比作母鸡和蛋、母亲与孩子，如此看来，我是个多么冷血的母亲？要任由我的骨肉孤独地在上海的隆冬出世。晚些时候，我会回来看它，弥补我的过失，但是此刻，远在异乡的我，希望把我的孩子托付给你们，请你们代为关照。

当白天变得越来越短暂，温暖变得越来越稀薄，我想我的确是想家，也的确是想你的。然而，假装不想似乎可以让糟糕的生活看起来更容易一些。

是我。

人生中有很多的事情要等

亲爱的人：

玉米地又跌回零下十几摄氏度了，下雪，天是灰色的，幸好偶尔还能见到阳光。从纽约回来已有两周，但我还陷在对大都市的思念里，在那里的每一天，都能在旧雨新知身上重温于彼此生命中建立联系的美好。这种惺惺相惜的感动，不仅在于能分享精神上的愉悦，更在于能体察现实中的艰辛。在纽约的最后一晚，见了一位昔日的学生，她已从著名艺术学院毕业，在这座所有人的梦想之城里打拼自己的事业。她对我说起艺术家驻校项目的竞争有多激烈，很多艺术圈的工作不给钱也有很多人抢，她的话简直像面镜子，照出我在美国所面对的真实未来：写作基金竞争残酷，多数刊物不给稿费，但并不意味着发表的难度会降低，工作

机会更是狭隘且稀少。

"纽约的艺术家太多了，碰到的十个人有九个说自己在搞艺术。"我们说笑道。所谓"搞艺术"的当然还包括作家和演员。我们或许感慨作为少数族裔和女性机会更有限，但白人男性也不一定如我们想当然那般容易。我记得去年在华盛顿见到一个工作坊同学的朋友，百老汇演员，最底层的那种，他微笑着对我说："我这样的人太多了，他们根本不稀罕。如果是你，他们反倒感到特别。"

每个人都清楚金字塔的譬喻，大多数处在底层挣扎求生的我们都爬不上去——这就是我们的命运，要继续在这条路上走下去，首先要做的就是认清这个真相。

在纽约的第二天，有位年轻的读者来见我，还特地送了纽约大学的学院熊给我（是的，我无法否认自己对泰迪熊的偏爱），她对我说起她所敬重的一位作家用极其尖酸刻薄的话语伤害了她的尊严。这是我年轻时花了很久才懂得的事实，才华横溢的艺术家并不一定道德高尚——虽然我们往往假定如此——甚至有的时候坏事干尽。在艾奥瓦，很多学生都听说过薇薇安·戈尼克（Vivian Gornic）的恐怖，她来艾奥瓦任教半年，把所有学生都批得体无完肤（我有位认识的朋友常常得到她的美誉，那是因为他长得太英俊的缘故），这些批评早已上升至贬损人格的地步。这段不欢而散的经历过后，戈尼克回去还给《纽约客》专门写了一篇文章，说这个最著名写作项目的学生如何令她失望，也坦言她会跑到这个鸟不拉屎的地方（这个比拟不对，应该说太多鸟在拉屎）教课，

完全是为了钱。

去年，我在非虚构课上读了戈尼克的代表作《狂热的依恋》，棒极了，每个句子都耐嚼。一位非虚构系的朋友见我在读此书，忍不住说："你记得我提过曾经去找自己非常崇拜的作家签字，结果遭到白眼吗？就是戈尼克，就是这本书。"

这就是人，但凡是人，就有人的可笑、可恶和可爱。毕加索也留下了诸多出于嫉妒算计画坛新秀的逸事，契弗在玉米地任教时还迷恋上班里的男学生（被契弗本人写进了日记）……撇开艺术家不说，又有多少道貌岸然的成功人士实际上禽兽不如？

道理谁都懂得，但实际上，我们无法处理的不是他人的刻薄，而是被拒绝的滋味。这里面有个潜台词，是因为我们天然地感到：我这么好，为什么你不喜欢我，为什么你不要我？

这是台湾青春电影《蓝色大门》里张士豪（陈柏霖饰）反复想从孟克柔（桂纶镁饰）那里得到的答案："我是游泳队、吉他社的，长得还不错，我有什么不好？"

然而，并没有"什么都好"的人就能得到一切的道理——生活要是这么简单该多好啊！

随着青春流逝，我更能理解多数人年轻时的焦虑，薄薄的脸皮不过是因为无法接受自己也只是芸芸众生中的一个，无甚了不起。

我曾在伦敦退学，虽然从不后悔当初的决定，但回想起来，那也是年轻气盛的自己力求掩饰庸碌的所作所为。记得是一堂比较文学的方法论课让我失望，教授给我们讲的是有关古代文明神话的原型分析，具体的理论我已忘了，大约是他给了一张情节列

表，让我们在所给的两个口述神话中锁定以下信息：1.英雄出生；2.英雄被给予／被发现有过人的技能；3.英雄离开家乡……而后用所得结论比较两个文本。后来我对朋友说，我感到自己是个机器人，如果学术研究意味着严格按照这些步骤行事，那这绝非我想做的事。

而今的我早就放弃学术，进入自己心心念念的创意领域。但是，读得越多就越清楚：必须接受自己的庸常。来美国之前，同事兼好友Shu曾提起台湾作家吴明益给复旦MFA创意写作学生所讲的话：

"今天在座的各位中没有天才。倘若是天才，根本不需要来大学念MFA。"

这话残酷，但清醒，年轻时候应多有这些被冷水浇脸的时刻。艾奥瓦写作工坊的学生到二年级都须给本科生上创意写作课，我们传达的理念是一致的：需要相信好的作品不是一次写成的，而是通过师友的帮助，在不断的重写和修改过程中才臻于完美。了解作家的经历越多，也越多看清所谓的"天才"话语掺杂了过多的经纪人的包装、书商的营销以及大众的埋单；对于那些年轻时就绚烂绽放的艺术家或许也不用羡慕——他们中的大多数并没有耐力写过中年。

钱钟书在《围城》里说："年轻的时候，我们容易把自己的创作冲动误以为是自己的创作才华。"我庆幸重回校园的我不再是那个不可一世的年轻人。重看伦敦的求学经历，比较文学教授所教的或就是"学术的习惯"——枯燥，但严谨；而今玉米地为我重

塑的也正是"艺术的习惯"。就像步入中年的人,皱纹和赘肉都无法幸免,然而有运动和健康饮食习惯的人会比同龄人看起来更光彩照人——艾奥瓦不可能把不是天才的我变成天才,但"艺术的习惯"(说穿了就是重写和修改的习惯)可以帮助我在未来更好地拿捏我真正想写的材料。

上个月新概念复赛名单出来后有不止一个读者给我留言,想从我这里讨教"成功"的经验,我没有。我所能说的是,去尝试,去失败,去体验被拒绝的滋味,直到拒绝再也不会让自己一蹶不振。我很少谈起这些,但是在我从大学二年级开始写作到第一个作品发表前有无数被退稿的经历——这对所有写作者来说实在是再平常不过的事情了——我感激这些碰了一鼻子灰的时刻,不好受,但是每次我都重新向自己宣告一次我的艺术信念:最好的作品和最坏的作品是任何人都可以一眼分辨的,如果我没有被接受,就是因为我写得不够好。

我感谢那段岁月,甚至感慨那段岁月不够长,不够长到让我成为真正优秀的作者。所幸如今在美国的我重回一无所有、默默无闻的原点,我希望这一次的锤炼能让我真正地长进。

上个学期,被努力和焦灼折磨的我忍不住问翻译系主任、我的恩师 Aron:为何我的进步这么慢,你是如何做到的? Aron 说:你要有耐心。

这也是年轻时的我怎么也不明白的事情:人生中有很多的事情要等。比如我的成长,比如我的进步,再比如你。

想念那个许诺会来看我的你,

是我。

爱与无情

亲爱的人：

　　所以又是新的一年了，没等到你的新年祝福，也没有给你送上新年祝福。看到公众号后台有位年轻的读者留言，她说在等喜欢的人跟她说一句"新年快乐"，却最终也没有等到——倏忽之间，感到人与人之间的联系是这样稀松却热络。

　　上周重读刘宇昆（Ken Liu）的《折纸》（*The Paper Menagerie*），作为完全来自中文语境的读者，我仍可指责刘宇昆的作品征用了太多关于华人的刻板印象：《折纸》中有呼进气就可以变活的纸老虎，有被白人父亲从征婚手册上"买"来的大陆新娘，有语言不通而导致的母子决裂，还有中国的政治动荡如何浓缩成母亲的悲惨人生。然而，抛开这些，这次重读让我泪目，甚至在之后的好

几天，以下这个场景停留在我的脑海，无法散去：

"杰克，如果……"她咳个不停，好不容易喘上一口气，抓紧机会对我说，"如果我不行了，不要难过，这对身体不好。你要好好生活。阁楼上的那个鞋盒要留着，以后每逢清明，把它拿出来，你就会想到我的。我永远都在你身边。"

清明是中国人怀念死者的传统节日。我很小的时候，妈妈会在清明那天给她死去的父母写信，告诉他们她在美国生活得怎么样。她会把信上的内容大声地读给我听，如果我说了什么，她还会把我的话写进信里。接着，她会把信纸叠成一只纸鹤，放飞到空中。纸鹤扑打着翅膀，向西飞去，飞越太平洋，飞向中国，落在祖辈的坟冢上。

但这已经是很多年前的事了。

"你知道我对中国年历一窍不通，"我对她说，"妈，你就好好休息吧。"

"盒子你要存着，没事的时候打开看看。记得……"她又开始咳嗽起来。

"知道了，妈。"我不自在地抚摸着她的手。

"孩子，妈妈爱你……"她再次猛咳不止。我不禁回想起多年前的那个场景，妈妈捂着自己的心口，用中文说着"爱"字。

"好了，妈，你歇会儿，别说话了。"

爸爸回来了。我跟他说我想早点去机场，因为我不想误点。

在我搭乘的飞机飞过内华达上空的时候，母亲离开了人世。

　　《折纸》中母亲身前对儿子最后的一个期许，是希望儿子能在一年365天中抽出一天来，或者抽出这一天中的几分钟，想一想她，如此她可在黄泉之下无憾。

　　我手头的这本刘宇昆小说集来自最近认识的华裔朋友Z，有一晚聊起他的家族史，他发给我他的曾外祖的中文名字，他依稀听说此人很有名，然而几乎对这些过往一无所知，也读不了中文。凭借好奇，我查询他的曾外祖生平，又是一个深刻影响现代中国走向的人物——即便是这样卓越的人物，也可被自己的后辈忘得一干二净。人人都力图追求不朽，妄想着通过生育或建立声名以被后人铭记，终究也是枉然。

　　当然，《折纸》之所以触动我至深还源于我自身经历的改变。不久前看比利时著名导演香特尔·阿克曼1977年的纪录片《家乡的消息》。影片的画面是纽约的街道，破敝、寂冷，地铁上面无表情的乘客，墙上醒目却空洞的涂鸦……而电影的背景声却是居住在比利时的母亲念着写给阿克曼的家信，信的开头常是："你有没有收到我寄来的衣服？""你怎么没有告诉我你搬家了？""已经很久没有收到你的信了。"这简直是我的真实生活写照，我的母亲每晚会告诉我她要睡了，然后她会道"明天见"（即便明天不可能相见），早晨醒来她会说"早上好"，去年回家时发现她喜欢上了印照片，她会把我晒在微信朋友圈上的自己和朋友的合影拿出去找人洗出来，收进相簿——她仍将我视作她生活的核心，而我的世界却越来越与她无关。

　　我这代人儿时都看过美剧《成长的烦恼》，我记得其中有一集

是玛姬的父亲过世，葬礼后她在丈夫的臂弯里哭泣，不是因为丧父的痛苦，而是：

"杰生，"她说，"我感到恐怖的不是他（父亲）走了，而是我意识到，我已经完全不需要他了。"

凡此种种，开始让我质疑子女对父母的爱。转换到西方语境之后，常会在概念的辨析中惊出一身冷汗。如年前读到詹姆斯·鲍德温对"正义"和"权力"的洞见——二战之后很多第三世界国家争取独立，虽然调用的是重建正义的话语，但其实质是夺取权力，他们渴望自己掌控自己命运的权力，而这命运是否通往正义，其实是被忽略的。相应的，我思考的是"依赖"和"爱"之间的分界。在青少年时期，很容易把依赖关系认定为亲密关系，继而将此界定为爱。或者不仅是我们，那些反复遭受家暴却不愿离家，甚至相信丈夫仍深爱自己的女性，那些罹患斯德哥尔摩症候群的受害者，或许都遭遇着相似的困扰。

如今，我固然知晓"依赖"并非"爱"，但随之而来的思索激起了我最深层的罪孽：当我不再依附父母，当我们生活在截然不同的两个世界（甚至无法相互理解），当这些年的义务、责任和金钱让我身心俱疲，我是否还深爱他们？如果没有某种古老道德在定义我们的"恰当"行为，我是否还会对自己的无情感到内疚？

更可怕的是，倘若连最亲密的关系，子女与父母之间的深情最后也可以近于无，人世间其他的爱又有多少真实存在？

阿玉说水木上的一个帖子害她连做几天噩梦。发帖者是曾与丈夫患难与共的妻子，结婚第十年，儿子才三岁，她遭遇丈夫的

抛弃。离婚时丈夫说要把婚房卖掉，发妻问为什么，丈夫答是要跟小三买房，有了房子才会有家的感觉。发妻问，儿子怎么办？丈夫说小孩子没有房子也能长大——是这一刻，这位发妻才真正心如槁木，眼前这个男人已经不是她当初认识的那个人了。

换到过去，或许我多少也会倾向于网上"道德卫士"的口诛笔伐，感慨这个男人怎能做出如此无情无义的事。而今我却感到，这大约是爱的本质，可以刻骨铭心，也可以缥缈无踪，又或者古老道德的存在恰恰反向佐证了人的"无情无义"？

还是不想了吧，思索爱和想念你都太过痛苦。我不是一个愿意将凡事归结于虚无的人，我更愿相信因身陷美国文化而引致全面危机的这个我只是陷入禅语"看山是山，看山不是山，看山还是山"三境界中的第二层——我相信多数无情的人并非真的无情，只是对虚情假意的拒斥。我也相信看到人类的脆弱、阴暗、善变之后，或许更能体会爱的珍贵。

是我。

为当前而活

亲爱的人：

如果你能知道我有多想你……

大概你已听说最近让我特别高兴的事，上周四早晨一醒，毫无征兆地，手机里满是邮件、短信和脸书的提醒，所有的标题都是：You are in the Times！顺着同学给的截图和链接，看到竟然真是《纽约时报》的编辑在"晨间简报"（Morning Briefing）里推荐我的新散文。其实这位编辑在文章刊发当日就联系了我，等到我周四晚上给她发邮件致谢时，她说："我最早给你写信的时候就想告诉你，你会出现在《纽约时报》上，但我怕一下子给你太多的惊喜了，所以先没说。"也是在那一天，美国独立文学网站的编辑邀请我成为特约撰稿人，刚进编辑部聊天室，网站的出版人就用

LongReads[1] 的新闻信祝贺我——是的，这篇文章进入了那周的长文 Top 5。

很想庆祝一下，但找不到一同庆祝的人。谁可以了解这个小小的"成就"对我的意义？而后转念想，没人懂得也没关系。那晚正好坐室友的顺风车去沃尔玛，买两块芝士蛋糕就当庆祝了。因为即便看到微小的曙光，也不能忘却现实中道阻且长，一切还是要慢慢来。

上月回国的那两周半，焦虑的情绪卷土重来。有一晚上海的活动结束后，坐在友人的车里，电台的年轻 DJ 同样在催"大龄单身女"恋爱、结婚，不过换了一副俏皮的口吻罢了；好友和学长出于好意都关心我在美国现实层面的困境，要我早日为将来做打算；但凡坐进咖啡馆，无论是全国哪个城市的咖啡馆，周边人聊的话题都不外乎金钱（创业）、买房和送孩子出国念书。

有一天，我对师兄说：就让我现在什么都不管、什么都不想，哪怕就是短暂的一年、两年也好，哪怕未来会后悔、会被人指着鼻子说"我早就警告过你了"也罢。我已经厌倦了提前五年就规划自己的人生，使得自己的现在永远在为未来的某个目标做出牺牲——如果将类似的未来计划无限延长，你会知道，这样疲累的活法似乎就是为了早日去死，沪语里有个戏谑的说法："急什么急，赶着去投胎啊？"

不想再度被焦灼和功利心裹挟，是因为我知道这两者带给自

1　美国独立文学网站，致力于选出网络平台上最好的长文，包括非虚构特稿、小说、访谈等。

己写作的致命伤害。回国的时候跟我的编辑兼好友王苏辛聊天，我说：我也不知道自己怎么就成了个"接地气"的写实作家了。她知道，我珍爱的最初短篇集里的作品绝对不是《一颗死牙》，而是《死的诞生》和《河上有座桥》。就像最新的《不吃鸡蛋的人》，撇开同名长篇不说，很多专业读者会说他们非常欣赏《乍浦路往事》，这并没有给我带来任何兴奋，因为我期待自己写的是《狗头熊》。然而我为何逐渐没有再写《死的诞生》《狗头熊》？多半是因为我知道《一颗死牙》这样的小说能得奖，《乍浦路往事》这类小说可以发重要的文学刊物，我自认并不是什么成就斐然的作者，然而就这么一点儿对"目标"的清晰认识就足以毁掉我。

我坦白地告诉国内的记者和师友，我至今仍未发表英语小说——这无疑是可以被人耻笑的"败绩"。但同时，我不想为了"发表"就走回我的老路。我知道，无论在世界的哪个地方，现实主义的小说总是更容易被接受，因为好懂——不仅编辑看得懂，而且编辑会觉得，读者也不存在阅读障碍。上周，有个同学在导师玛葛的研讨课上质疑所谓的"艾奥瓦作家工作坊风格"，玛葛是位睿智、豁达且坦诚的作家，她说："我们在工作坊里更倾向点评写实类的小说，只是因为这类小说更容易给意见。"

昨天吃饭时陪伴我的 TED Talk[1] 是"丹·品克：奖励的谜团"（Dan

1　全称为技术、娱乐、设计大会（Technology, Entertainment, Design Conference），最初是美国一家私有非营利机构所组织的 TED 大会，每年召集众多科学、设计、文学、音乐等领域的杰出人物，分享他们关于技术、社会、人的思考和探索。这些演讲视频以知识共享的方式收录在大会的官方网站上。

Pink: The Puzzle of Motivation）。商业领域一直相信外部奖励可以增加员工的绩效，但是丹给出的是一个相反的论断。他举了两个版本的蜡烛实验，都要求参与者利用桌上的材料把蜡烛粘到墙上，其中一组人员被告知最快完成的人有现金奖励，另一组则没有。两个蜡烛实验的区别是，版本 A 中，解决方案明摆在桌上，看一眼便知；版本 B 则需要参与者开动脑筋。该实验在不同地域展开，结果是一致的：外界奖励（所谓的"胡萝卜"）只对 A 有效，对 B 则造成负面作用——而我们今天的工作性质则多和 B 类似。

丹之后举到的例子我们都已耳熟能详，谷歌会给员工留出专门的时间让他们天马行空，而这些自由驰骋最后又反哺了公司；多年前，就连最顶尖的经济学家也不看好维基百科，因为维基完全是一群志愿者在闹着玩，而与他们竞争的微软 Encarta[1] 则专门高薪聘请了工程师来做同样的事。然而，溃败的却是微软Encarta。

我对商业全属外行，然而我珍惜好不容易才重新寻回的写作的愉悦——如蕾切尔·卡逊（Rachel Carson，《寂静的春天》作者）所说：写你真正感兴趣的，只有这样别人才会觉得有趣。

因为对自己的这两年并不满意（漫长的冬季致使我把大把的时间精力都浪费在抵抗抑郁这件事上了），这次回美国决定对自己再狠一点，必须先做到每天读 10 小时的书，哪怕这段经历过后拿

1　Encarta 是微软公司的一个每年更新的知识系列产品的名称，也叫微软百科全书。

不出任何肉眼可见的成果，没关系，这是我人生中很稀少的真正
为自己而活，为当前而活的短暂时光。

　　今天，春天好像真的来了。

　　是我。

有两条路是水走过的样子

第二部分

五年了，写给我的学生

亲爱的人：

　　这封信是冒用你的名义，写给我的学生的。

　　一直收到你们亲笔写的信件、亲手画的卡片，这些都收在我的抽屉里，现在跟我回了家，我却想到，我从没有机会给你们回信。怎么回信呢？你们有时候趁我不在，偷偷地把信放在我的桌上，有时候亲手递给我，却务必要我回到办公室再拆，比起对感情后知后觉的我，你们显然懂得更多的爱——你们的付出从来不计较回报。

　　有一天碰到一位朋友，她对我说：钱老师，你知道你的学生有多爱你吗？我摇摇头，听她说下去。她说因为豆瓣上与我是好友并时而有互动的关系，你们竟然私下联系她，说毕业后想准备

份小礼品给我，想从她那里打听我喜欢什么。这个问题让她很为难，因为这位朋友与我在一次采访中相识，虽然很投缘，但在现实生活中的交集并不多。而到最后一堂课结束，你们还问起我，有一次微博上有人留言要请我吃一家很贵的日料，最后我有没有答应。我才发现，你们竟会关注我发的微博中的评论。

与你们相比，我的情感实在太过淡漠，不晓得这种淡漠会不会在无形之中伤害到你们？我还记得多年前我要去英国读书，最后一堂课一进教室，看到满满一黑板的留言，我现在还能记起你们中的很多人写了些什么，你们当时还买了一只大熊给我，但我坚持要它留在教室陪伴你们念书（而今年毕业的你们太狡猾，趁我去食堂吃饭，把送我的生日熊放到我的办公室座位上！），我当时很感动，但脸上兴许看不出来，所以你们还问我："老师，你怎么不哭啊？"

我记得这些点点滴滴。我相信爱的传递过程有时候会很离奇，付出爱的人或许遗忘了，收获爱的人却会铭记，我想，这会是属于我的人生。当因为我要离开搂着我哭了整整一小时的女孩，听说你已经在加州找到了很理想的工作，说不定你已经不记得当时的眼泪，但我会记得，此生都记得。

有位学生在信里写，她不知道教书对我而言究竟是怎样的意义。说实在的，在和你们一样大的时候，我从没想过自己会成为老师。为什么呢？因为有几年我和同学回母校拜访我的高中老师，兴致索然，因为突然发现他和当年我们读书的时候相比几乎没有任何变化。我不知道你们是否能理解这是怎样的感受，他重复着

他高三时候对我们说的箴言隽语，领我们去母校翻新的图书馆坐一坐，回忆一下校园生活，我们能感受到他的善良、真诚以及对我们无微不至的关怀，但是我们很难再从他那里收获知识和视野上的飞跃。后来，从母校出来，我和同学说，可能是因为老师一直在重复着教书的工作，生活平稳，也没经历什么波折，教科书也基本没怎么变，所以老师的人生或许永远定格了。那也是我对教师这个身份的恐惧，我很怕自己到头来，时间永远停留在某个年份，而你们回来看我，将会轻易地发现这个事实。

所以你们看到了，我很刻意地把白天的我和晚上的我区分开来，逼迫自己在晚上去尝试截然不同的生活，阅读、写作、给报纸杂志供稿、听公开课，也不断地投入到各种自己想做的事情之中，搞得自己很是忙碌，以此克服内心深处的焦虑。

但我很感激这五年我在世外¹度过的岁月，某一天和同事聊起，我说以后回想，这或许也是最好的岁月。最后一节课我对你们说过，我非常享受 IBDP² 这个课程，也很希望自己能将这种享受知识的欢愉传递给你们。你们或许发现了，我实在是个理想主义的人，我毕业于复旦，复旦最著名的校训或许已经不是那句"博学而笃志，切问而近思"，而是"自由而无用"，所以毕业后我们会有各种不适应，理想主义的人或许在任何时代都会感到更加不适，但是我们需要理想。我特别幸运，来到世外，来到这个课程，

1　上海世界外国语中学。

2　IBDP 全称是国际文凭大学预科课程（International Baccalaureate Diploma Programme），是一个两年制、对象为 16 至 18 岁学生的课程，广泛为全世界的大学所认可。

做着一些高度贴合我的理想的事情。刨除最后阶段的应试，我们真的是在贯通罗兰·巴尔特的名言：作品完成，作者已死。

因为我骨子里素有不服权威的叛逆，热衷于复数的真理，我相信耳濡目染，不管我的这种特质是好是坏，你们都感染到了。你们或许不知道，在教《史记·刺客列传》的时候，张宪光老师还和我有过争论，他并不认同我所分析的主臣关系的变异，而我却在课上，带你们通过表格、通过详略、通过叙事的空白试图证实这一点，不过我很感激和张老师的切磋与交流，因为在这之后我发现你们中的很多沉溺于这个新奇的解读而忽略了更传统也是更重要的部分——刺客精神本身，因而之后我自己上《史记》也好，给新教师提这堂课的建议也好，我发现自己沾染的是张老师的口吻，我们先讨论这里的刺客精神，先讨论传统的语境。还有一个文本也是，我引用拉美学者对《霍乱时期的爱情》的解读，兴奋地告诉张老师一个截然相反的解读：《霍乱时期的爱情》并非赞誉在偏见纵深的时代具有超越性的爱情，而是恰恰相反，是用一个庸俗的对罗曼史爱情的戏拟批评冷漠的精英阶层。我陶醉于这位拉美学者的解读，迫不及待地把这篇英语论文的相关段落分享给同事和你们，而后你们也发现了，两位男主角之间有惊人的相似之处，既然马尔克斯对乌尔比诺的嘲笑是明白无误的，那么他对弗洛伦蒂诺·阿里萨是不是怀有相似的态度呢？当然，这一次我只是一个解读的分享者和提出者，至于两种解读之间相信哪一种，我留给你们做选择题。我很高兴，这些文本的矛盾没有致使你们走向迷惘，恰恰相反，你们也和我一样感到有趣，争相给

出你们自己的诠释。

我在你们的信里读到，你们中的很多人是在讨论课里感到自己的思维像一颗种子一般发芽了。说实话，整个中文课程里，我最喜欢的环节莫过于听到你们组织一堂出色的讨论课，把讲台和白板留给你们，看你们口若悬河，看你们如何应对同伴的质疑，看你们如何在一次次准备中将逻辑链建立牢固。

这两天，你们中已经毕业的很多学生回母校看老师，我不知道自己是否留给你们当时我的高中老师留给我的印象。不过当我自己成为老师，我忽然醒悟这个问题不再值得我担忧和焦虑，因为我看到了你们的成长。很喜欢听你们说自己在国外的生活，讲到臭鼬的求生本能太可怕了，以至于车撞到臭鼬，那辆车就直接不能要了；讲到熊在山上的出没，学校会发警报要你们先留在室内，等专业人士鸣枪驱熊……很喜欢听你们说你们正在做的事情，有的学生要开饭店，有的学生要申请专利，有的学生已经在校园刊物上发表了小说，有的学生在用柏拉图的理论解释大卫·林奇和克里斯多弗·诺兰在好莱坞的流行，这话讲得好极了，我要引用过来："就像柏拉图认为极丑的人和极美的人无法欣赏美，能够欣赏美的人介于两者之间一样，最聪明和最愚笨的人也无法欣赏这两位导演，欣赏这两位导演的人注定是那些半懂不懂的人。"

等你们工作了（你们中的一些已经踏上了工作岗位），你们会明白最幸福的事情莫过于目睹你们的后辈比你们更优秀，就像我现在一样，看到十六七岁的你们早已超越了当年十六七岁的我，看到现在的你们也早已超过了大学时代的我，我感到欣喜，我们

都希望时代和世界变得越来越好，而从你们身上，我看到了希望。

今天是我的最后一个工作日，我破天荒地拿着手机在校园各处拍照留影，我不是个喜欢拍照留影的人，甚至会鄙夷那些每一顿食物都要晒在朋友圈的伙伴。但我发现自己错了，错得很狭隘，很离谱。上周末高三总结会，大家在回忆之前几年总结会和学校骨干会议的情景，记忆有时会错位、会模糊，这时候，有位老师掏出手机把之前的相册翻出来，立马清晰，而且具有唤醒过往的魔力。我也向来不喜欢集体活动，但那天看大家翻相册，想到自己参与的那几次，都是玫瑰色的回忆。所以今天按下快门的每一处，都会是今后的重要财富，最好的时光在这里，在世外。

昨天有位学生来和我聊天，说她所在的学校太大了，有时候你和一个人打过招呼，这个人可能你这一生都不会再遇到，还说有几个聊得很投机的同学，可惜今年已经交流完回到不同的国家，或许此生也不会再见。她似乎感到一丝感伤，其实大可不必。

我有没有和你们分享过我的一位意大利朋友的故事？她叫Marta，是我在复旦认识的，是长我一年的学姐，念中文系，因为当时的我已经学了一年意大利语，需要找语言伙伴，所以她就成了我的语言伙伴。但是这之后她教给我的远胜于我能教给她的，我在她的辅导下通过了意大利语的考试，甚至一度动着去意大利留学的念头，她也是个特别可爱的人，她在中餐馆吃到好吃的菜，会去问厨师怎么做，或许厨师对外国人没什么戒备，她什么烹饪秘籍都能问到！而后和你们在国外学习碰见的情景一样，毕业后我们的联系也断了，我只是知道她的母亲身体不好，之后我时不

时给她在意大利的家寄信、寄礼物，但都没有收到回音。直到2011年，我请张业松老师写推荐信，张老师告诉我 Marta 也在申请伦敦大学亚非学院，就这样，我们神奇地通了电话。她告诉我，我寄给她的礼物她都收到了，说我一直没有放弃她这个朋友。而我去伦敦的第一晚，就住在她租在切尔西的家中，我们有两年没见了，但是时间似乎不存在，我们没有任何隔膜，有一整晚的话可以说！当然，之后的事情你们也知道的，我退了学。我告诉她退学的时候她哭了，但她告诉我，她相信友谊不会断的，既然我们能在伦敦相遇，或许几年后我们还会再见，或者在中国，或者在意大利。而我最近和她通信，她在米兰工作，我想我会有机会去看她。

而且，退一步说，即便是人生中不会再见的朋友也不意味着他们没有意义。我和你们也是在人生中的某一个阶段相遇，在这个阶段中，你们留给了我很宝贵的东西，而我也希望我带给了你们很宝贵的东西，即使在这之后不再联系，并不意味着这之前的相遇没有留下痕迹。

有一次张宪光老师问我，你能不能掩饰对自己最喜欢的学生的偏爱？我不知道这个问题如何回答。我说过自己后知后觉，所以我是在听其他老师说了之后才知道，你们中已经非常优秀的学生心里仍然感到自卑，觉得自己比不上我之前的学生。无论如何，这一定是我的罪过，一定是我在不适当的时候有过不适当的表达。其实完全没有，我喜欢作为个体的你们，独一无二的你们，我也希望你们知道，比较这件事是没有意义的，因为比较会无止境地

消耗你们的时间和精力，而且会使你们恐惧不必恐惧的东西，你们也不需要去满足别人的期待，因为别人并不一定了解你们，但你们要了解自己。古希腊留下的那句名言我们都知道，"认识你自己"，但不是很多人都能做到——认识你自己还意味着坚持你自己，不需要过多地理会旁人的眼光和口舌（有时候他们只是出于无聊说两句而已）。

最后一堂课或许提过，是我的师兄有一天吃饭时候对我说的。他的母亲某天拿着电视上某位年纪轻轻就成绩斐然的教授案例来教训他，希望他长进（虽然我的师兄在我看来，已经是神一般的人物），我的师兄是这样对他的母亲说的：这位教授我们都是知道的，每天走过光华楼，无论多晚，无论寒暑，无论是否是周末，他办公室的灯永远亮着，他确实很勤勉，但你要想到，他已经结婚了，还有个年纪尚小的孩子，你有没有想过：他的家人要怎么办？他妻子过着什么样的生活？他对孩子有没有尽责？

任何选择都有代价，所以没有什么成功和失败可言，有的是你认为最重要的东西。你眼中的重要就是重要，别人是否这么认为早已不重要了。

最后看一眼我的办公室，有整排的落地窗，或许玻璃房子听雨看雨的梦想早已实现了——虽然下雨的时候，贫嘴的同事会说：我感觉我们好像困在一个偌大的淋浴房里。

曾经是你们的老师，未来更希望成为你们的朋友。

是我。

多元文化之感

亲爱的人:

在上海的时候,我去高中室友家里探望她,她即将成为两个孩子的母亲。我来到一个我们都应熟悉的地方,可惜乘过站,又因为太久没来,不认得路,搞得周身狼狈,迟到了一个多小时才进屋,看到她们正在用天猫盒子播放电视剧《亲爱的翻译官》。高中寝室的五个人,只有我和另一个室友还没有结婚,猛然发现,已婚和未婚的人关心的话题截然不同。另一个未婚的室友和我一样,感慨那天下午看过的电视剧可能比我们一整年累积起来的还要多。而已婚的室友也并非真的喜欢这部剧,只是和所有观众一样,喜欢一边观看一边吐槽这"妙不可言"的逻辑,而后吐槽又成了追剧本身的乐趣来源,一位室友正好提及她和丈夫在公婆家

吃晚饭，公婆不要他们帮忙，但他们也不便吃完饭拍拍屁股就走，于是就坐下来一起看电视，当然，不一定和这部电视剧有关，但我想，电视剧无形之间也充当着维系家人情感的纽带吧，让人与人之间至少有话可讲，即便槽点无数，也能在共同的槽点中增进彼此的情感交流。

那天之后，我又在思考一个蛋生鸡还是鸡生蛋的问题（幸而你是那种不会劝我不要多想的人）：是因为她们都结婚了，所以才和我们生出这么多的不同，还是因为她们和我们本来关心的东西就不一样，所以她们会走进婚姻，而我们不一定会？

这两条道路没有价值的优劣，虽然她们会埋怨组建自己的家庭后，根本没有什么留给自己支配的时间，但我从她们的脸上看到安稳和幸福，那是每个做父母的都期待孩子能拥有的那种安稳和幸福。这种脸色大概永远不会出现在我的脸上，因为"当前"对我而言无异于牢笼，我急需挣脱，去往下一个注定成为牢笼的"当前"，而等一切彻底过去，我回忆往昔，才知晓那也曾是一段美好的时光。

令我感慨的是另一个问题：生活经历迥异的人注定今后的交集也会越来越稀少。大概五六年以前，我和大学时代的好友吃饭，她在积极地投入婚姻实践中（世俗的叫法是"相亲"），而我还在做着小说家的梦，她当时就预言：以后我们吃饭，她会说她的老公和孩子，我会说我的创作和创作圈的朋友，我们的共同话题会越来越少。

或许所有人都觉得这稀松平常，但我却觉得，这不是现今这

个所谓的多元社会最大的吊诡吗？不久前我采访过几位盲人朋友，其中一位是华师大的盲生，他说大学辅导员出于好意要求健视者和他们寝室结对，于是，每个月会有这么一天，"友好寝室"的室长打电话来约他们一同去吃饭，吃饭的时候感觉特别好，对方很照顾他们，为他们点菜、夹菜，也交换一些校园内部的八卦，吃完饭，对方会把他们送回宿舍楼下，那位室长会问一句："你们还有什么需要我们帮忙吗？"他们想了想，没有了，对方便如释重负地告辞，这期间不会再有任何交流，直到下月的这一天，电话铃再次响起⋯⋯

"这感觉不像交朋友，而像完成任务。"他对我说。我问他，你有没有在大学认识过很要好的朋友是健视者？他想了想，似乎没有。而后他补充道："这很难指责我们中的任何一方，因为大家关心的生活内容本就不一样，连上的网站都不一样，没有什么共同话题。"

最近认识了一位非常睿智的美国华裔作家 Gracie，她对我提起美国 MFA[1] 创意写作课程中可能存在的"内化的歧视"。跟她聊完，我查阅了类似的报道：这一精英写作项目历史上一直被白人垄断，少数族裔的作家常常感到自己并不受欢迎。Gracie 说，譬如工作坊中如有一位印度作家，教授会提前对她说："不要写得太印度！"印度作家很诧异，我写的原本就是印度的故事，我要如

1　艺术硕士（Master of Fine Arts；MFA）是一项在世界范围内艺术相关领域的硕士研究生学位。

何才能避免"太印度"呢？

当波多黎各裔作家贾斯汀·托雷斯（Justin Torres）还是个申请者的时候，他获得了艾奥瓦的垂青，艾奥瓦作家工作坊的负责人 Samantha Chang 甚至想要引诱他来参加这个项目，但贾斯汀表现出犹豫，说：如果你进入一个二十多人的课堂，清一色的白人，你很自然就成为讨论桌上的"他者"。

我们这个时代乐于鼓吹多元文化，也乐于宣扬兼容并包，但事实上，我们到处宣告的恰恰是我们的缺失，甚至多元文化往往走向"精致的隔离"。身体有残疾的学生进入大学后，最终还是和与自己有相似经历的人在一起生活；很多国家和地区 LGBT[1] 的婚姻合法化后，大家并没有真的与 LGBT 做朋友，而是他们自己的那个圈子从地下浮上台面，而厌恶他们的人只是碍于政治正确不能言说，对他们视而不见；移民国家里，经常看到来自各个文化背景的人和相似背景的人聚居，形成色彩分明的隔都（ghetto），隔膜和偏见依然——记得 2011 年夏天伦敦爆发大规模骚乱时，卡梅伦说过这样一句话：我们要接受这样一个事实，我们这么多年推进的多元文化认同早就失败了，彻底失败了。

前段日子在豆瓣上我看到有人倡议，希望中国效法印度开通上班高峰期女性地铁专列，防止性骚扰，支持并转播的人颇不少。我只是觉得，这也不过是"精致的隔离"，将问题搁置而没有解决，甚至，很难说这究竟是文明的进步还是倒退。

1　指同性恋、双性恋和跨性别族群，也可广泛代表所有非异性恋者。

　　我一直很怀念在伦敦大学亚非学院（SOAS）念书的日子，很怀念某一天晚上，我的印度室友、法国室友、加拿大室友和津巴布韦室友都聚拢到公用厨房的一张桌子前和我讨论巴基斯坦，而后我们从巴基斯坦聊到中国，聊到印度、新加坡，最后聊到以色列，所有人都陈列自己的观察而非价值评判。那天，我们整宿未眠，每个人都沉浸其中，从对方的观察视角中参见并补足自己的偏狭——那一晚，我似乎看到了理想中的世界的图景。

　　然而我的室友对我说，SOAS 是一所非常特别的学校。

　　师兄则对我说，记得，这一次你可不是去伦敦。

　　亲爱的人，你会对我说些什么呢？

　　是我。

无处安放的传统

亲爱的人：

想来我们大约已经用尽见面的借口，不再相见，我又可以安心地给你写信。

临行的日子越近，我越感到焦虑和紧张，而这本应加速我投入阅读和积累之中，但没有，焦虑和紧张体现在我再次沉溺在iPad 的小游戏里，或许就像酒鬼沉溺到盛满佳酿的浴缸里，明明知道这会让自己起不来，但是就想沉下去，沉下去。

当然，我还是有在阅读，我正在读《基列家书》，这是 Gracie 郑重推荐给我的，她如此形容本书作者玛里琳·鲁宾逊："如果是几十年前（也就是文学尚未如此边缘化的时代），她会是一位圣人！" Gracie 推荐给我的另一个理由就是，鲁宾逊在艾奥瓦作家

工作坊执教（虽然我查了一下，她计划在今年退休）。

这是一位知晓死亡近在咫尺的牧师写给他年仅七岁的儿子的信件，讲述他的祖父以及他的父兄的人生经历，也恰好贯通由南北战争以来美国的历史。我每天在上下班的地铁上读这本书，读得很慢，如果换作信的篇幅，几乎就是每天一到两封，朴素的语言背后风暴暗涌。我读到牧师讲述他十二岁时，他的父亲带他去寻找因布道而丧命于蛮荒西部的祖父，他们写了很多信去当地的教堂，只收到他很有限的遗物——一只手表、一本翻烂了的《圣经》和几封信笺，没有人能够告诉他们祖父的尸体究竟会在何处。于是牧师的父亲就做了一个大胆的决定，带着他来到这个蛮荒之地，只为找到祖父的尸首。旅途太过艰难，鲁宾逊甚至用亚伯拉罕带以撒上摩利亚地去作为譬喻："一天，我的父亲捡起当柴烧的小树枝放到我手里时，他说我俩就像上摩利亚山的亚伯拉罕和以撒。他没说这话时我就这么觉得了。"这个譬喻耸人听闻，亚伯拉罕带以撒上摩利亚地是为了将这个好不容易得来的老来子献祭给耶和华，天真的以撒在路途之中一直询问父亲：火和柴都有了，但燔祭的羊羔在哪里呢？

当然，与仁慈的耶和华最终现身阻止燔祭一样，《基列家书》中的牧师和父亲都全身而归——他们并没有找到祖父的尸首，正如他父亲起初已经料想到的那样，但是不能说旅途的意义惘然，因为他的父亲证明了行动的意义在于行动而非结果——他们必须去找祖父的尸首，这是他们身为子孙的道义，找寻这一行为比是否能找到更重要。如果从这个意义上看《圣经》的譬喻，对于牧

师的父亲而言，为了找寻祖父的尸首哪怕会导致年幼的儿子丧命在路途上，也应听天由命。

这种传统的价值在今天读来具有震撼的力量，正如书中的牧师所写，在他生活的年代，婚姻是神圣的，家庭是最重要的，他不知道现在的时代为何会变成这样。类似的，科恩兄弟的《老无所依》也具有此般震撼效果，这大概也是极少数几部十恶不赦的坏人最终逃之夭夭的电影了：以奇哥（Chigurh）为代表的新生代的恶人已变作纯粹的恶之化身，他彻底站在人性的背面，他决定一个人的生命是否值得留存不是因为那人已经垂垂老矣，或者那人"上有八十老母，下有三岁小儿"，而是手捏一枚硬币在桌上转，要那人猜是正面还是反面，猜对了就保命，猜错了就杀，不需要杀人动机。面对这样的人，老警长穷尽毕生的智慧和经验甚至上两代人的经验也逮不住他，最后只好感慨自己无法继承其父亲和祖父的荣耀与尊严，感慨时代已经脱胎换骨。

这里的潜台词像极了中国老人的口吻：现在的人怎么可以这么坏，怎么可以这么没良心？

我自认是个厌弃传统的人，也是个愿意拥抱现代价值的人，传统社会在我眼里更多是五四干将们为我描述的图景，"万恶的封建礼教"。然而前段日子看了《南海十三郎》，忽然又被另一幅图景所惊讶，十三郎的父亲太史公娶了十房太太，十三郎生母早逝，但是他成长过程中受到其他母亲如生母般的照料，从没受过半点委屈，后来他邀请名伶到家中做客，也把一字排开的父亲的太太和姨太太们统一介绍为"她们都是我的妈"。之后太史公家

道中落，但仍然不改其孟尝君似的礼待贤士的作风，太太们瞒着太史公，拿出自己的私房钱填补家用，让老爷仍能在家中大摆筵席。虽然是戏剧，但我不禁想，或许这样的图景在先前也是有的，而且并不存在着后人所"发现"的压迫和奴性。

拥抱传统价值的人和拥抱现代价值的人脑海中的过去图景一定是截然不同的。在现代人眼中，旧社会就是那个牢不可破的铁屋子，装着一群麻木且未觉醒的人；而在遵从古法的人眼中，旧社会温情脉脉，人与人之间都讲良心，讲感情，不讲金钱，不计较得失。这两幅过去的图景都不真实，都已按照各自的需要涂抹了历史，却已成为两种人之间难以弥合的结缔：譬如《桃姐》，在老法的人眼里用人和主人一家就是近似亲人的关系，人与人之间讲感情，不是只有金钱和阶层，而在现代人看来，这部电影的价值观十足可笑，竟然讴歌一个做了一辈子奴隶而不自觉的用人！

于是很多事情就变成无解，有一次台湾的何春蕤教授去定海桥时正好聊到晚托班的话题，以前，小学老师下班后稍微晚点走，照看一下孩子，就是大家帮帮忙的事情，而现在，不可能了，因为要考虑教师的基本权利，也要考虑到现在的"行情"，还要考虑小孩子出了岔子以后家长倒打一耙的麻烦。人与人之间也是如此，奉献和忠诚早已在金钱和物质面前垮塌。

更荒谬的是，金钱与物质至上这股不可逆转的风潮似乎正滥筋于这个自诩为上帝的子民的美利坚民族。

虽然我也怅然于传统价值的垮塌，但我并不为其辩护，因为我们都知道，现今如果再碰见把"奉献"和"忠诚"挂在嘴边的

人都要留个心眼，看他是不是要以传统作为幌子，行个人利益之实。所以你也看到了，"觉醒"这一步是不可逆的，觉醒之后，我首先看到的不再是奉献和忠诚，而是利用和压迫。

这或许会是个永恒的困惑，不仅于我，于你、于所有人都是如此，好在我有个执念，困惑比相信更接近真理。

在打开《基列家书》之前，我头一回读了大名鼎鼎的杜鲁门·卡波蒂。村上春树说过，因为读了卡波蒂，他觉得自己完全没有写作的天赋，所以直到29岁才敢动笔。我读完《圣诞忆旧集》，觉得自己大概已明白村上的感受，卡波蒂太惊人了！

三个回忆故事中都出现了苏柯小姐，这是个又矮又丑的老处女，一辈子只读《圣经》和报纸上的漫画，她极害羞，一辈子也没有离家五里之外，所有人都在暗自嘲笑她，但她善良、正直。《感恩节来客》中，苏柯小姐力图化解"我"（巴迪）和学校里一个小混混奥德·汉德森之间的纷争，她不惜独自到汉德森家中（对她而言无异于出了趟远门那样胆战心惊），邀请他来感恩节宴会。他来了，但劣性不改，偷走苏柯小姐非常珍惜的胸针，"我"在宴席上当众揭发后，苏柯小姐却选择为他撒谎（苏柯小姐从不撒谎）。时过境迁，汉德森因为成绩糟糕，被打发到牛奶场、商船队做帮手，而后再回到家乡，看到苏柯小姐在费力地将一株盛开的菊花移栽到铁皮浴桶里，这个在"我"眼中渣滓一般的人竟然很绅士地对苏柯小姐说："夫人，让我来帮你吧。"

到了今天，传统价值或许就是卡波蒂笔下的苏柯小姐，老丑、可笑，却也是他一生最温情的土壤，是他数度回望的港湾。

现实生活中，苏柯小姐原型南尼·朗布雷·福科（Nanny Rumbley Faulk）亲手缝制的百衲被卡波蒂从童年一直用到了临终，死前卡波蒂最后留下的话是："是我，巴迪，我冷。"

可作为一个现代主义者，我还是不怀好意地怀疑苏柯小姐留给巴迪或本性顽劣的汉德森的道德感化力是否足够：别忘了，卡波蒂最终可是因为在纽约过着太过糜烂的生活，死于嗑药过量。

偶尔想想你，

是我。

又好笑又伤心

亲爱的人：

今天是我来美国最难过的一天，当我最难过的时候，我能做的事情就是写信给你，相信着你是全世界唯一能理解我的人，彻底的理解。虽然我知道，我眼里的你一定掺杂了太多的我一厢情愿的想象，与实际的你相去甚远。

"大选之夜"（Election Night），我在工作坊所在的 Dey House 和大家一起看直播，正如之前与他们一起看总统竞选辩论那样，或者说与我来到这里每天经历的情形一样，在这个非常"美国"的项目，我感到自己是个彻头彻尾的"局外人"。我会问我自己：我为什么要和他们一起看直播？我甚至缺乏美国政治的常识。

你不会想到，我也不会想到，那天工作坊课结束后刚到 Dey

House，学院还专门订了比萨来给我们当晚餐，我班上的两个男生还特意去买了啤酒招待大家，玛里琳·鲁宾逊来了，微笑着和我打招呼（因为我上次找她签了太多书的缘故），所有人都像在一种酒吧的氛围中等大选的结果——揭晓……

然而，第二天中午我到 Dey House 所看到的却是我们的负责人 Sam 在安慰哭泣的同学；下午是玛葛的研讨课，来的人不多，课前美国同学都用相互拥抱作为支持，课上本来很爱说话的同学都保持了沉默。上课之初，玛葛就意识到教室的气氛不对，然后她用"悲痛"（grief）——有别于我课前告诉同学的"难过"（sadness）——来形容这一刻，她试图安慰我们，说："如果你们用长远的眼光来看世界的变化，你们会发现，人类的文明取得了一些进程，比一比 50 年前，或者 100 年前，很多当时难以想象的美好理想毕竟还是成为了现实。"

接着这个安慰剂，我们进入了课程作品：《分露水者》（The Dew Breaker）——顺便提一句，这本书写得太好了！但我能间歇听到课堂里有同学在轻轻地抽泣，之后玛葛的很多问题都必须面对过于沉默的我们，玛葛说，我们休息五分钟吧。休息中，我查了手机，收到学校国际学生与学者办公室发来的邮件，是对大选结果的回应：

今天早晨国际学生与学者办公室收到国际学生的邮件问：特朗普获胜，是不是意味着我必须滚回家了？是不是意味着我的签证失效了？

国际学生与学者办公室在这里做出回应：你们的签证和学生状态都不会发生改变。

我把邮件给我身旁的同学看，他读完，我们开始聊大选，聊着聊着，我们发现五分钟的休息远比预期的长，大概休息了15～20分钟。玛葛进来，大家入座，玛葛对我们之中的一位学生说："你要不要提出你刚才在走廊上与我讨论的问题？"

有一些迟疑，但这个学生终于问："我的自我认同是犹太裔，我感到我原先笃信的价值观都被撕裂了。我现在在想，美国正在发生这么危险的转向，而我还在写小说，我的小说对这个世界一点用处都没有，我到底在做什么？"

这个问题我好熟悉，知识分子的无用性，曾经，我和几个朋友在定海桥就这么叩问自己：栾奶奶的处境这么糟，我们什么忙都帮不上，只是想着写她的故事，我们的写作行为（或者故事）到底有什么意义？

终于，大选结果还是成了那节课的主题。

亲爱的人，我要怎样跟你说呢？我本着一种信任写信给你，世上唯一懂我的这个你。我想说，今天，我的伤心和美国学生一样。

"大选之夜"结束，从 Dey House 回家，我还收到身在加拿大的学生给我的留言，问我如何看特朗普和希拉里，那一刻，我还能理性地回复语音给他，说我支持希拉里，因为两点：1. 希拉里有从政经验，特朗普的种种表现都是"非总统所为"；2. 特朗普

将要任用极右翼最高法院大法官的提议触到了我的底线（且不论其他种种冒犯性的言论）。但我还告诉他，我同时也认为齐泽克先前的言论有道理，即希拉里当政对美国民主政治有着长久的危害，因为希拉里操纵媒体，所谓民主将成为一个明目张胆的拉帮结派的游戏；而特朗普，表面看有害，但实际他在党内没有多少影响力。

甚至在入睡之前，我还没看到最后的结果，但希拉里的情形已经非常悲观，我还能理性地分析，像很多国内的朋友一样，我感受到这是精英阶层长期对劳动阶层的忽视所遭致的必然反扑，是美国大多数低收入人群不能再接受被"政治正确"裹挟的生活。

我甚至还想着给哪个媒体写写我在艾奥瓦认识的唯一一位特朗普支持者，就是教我《圣经》的基督徒艾瓦。事实上，昨天中午，我还在跟随她学习《民数记》（Numbers），她从不遮掩她对希拉里的反感，她反感希拉里操纵媒体，反感民主党激进地推行同性婚姻，推行堕胎的合法化，就像特朗普的言论触到我的底线一样，这些触到了她的底线，所以她希望特朗普赢。

今天，当我回想我跟她聊天的情形，有个细节让我感到特别讽刺。我说晚上我们工作坊会直播大选进程，她问我：你们播哪个频道？她说了两个艾奥瓦本地台，我都没听过。当时我也不知道晚上我们会直播哪个台。她解释说，她还关心艾奥瓦本州的选情分布，她罗列了很多地方，除了首府德缅因和艾奥瓦城，其他地方对我而言都是陌生的。

后来，我特地关心了一下我们收看的频道，是 CNN。

为什么这个细节如此重要？只要我有空的时候，我都会阅读《纽约时报》，美国很多高校都有当日的《纽约时报》供学生免费取阅。每次"总统辩论"之后，我都有疑惑，《纽约时报》的立场完全倾向希拉里，有一天我实在忍不住，问同学基能：事实上《纽约时报》是不是倾向希拉里的？基能告诉我，《纽约时报》的总编辑和背后的财团都是支持希拉里的，但《纽约时报》宣称的是维持一个相对客观的立场。之后，我知道，CNN 等主流媒体都支持希拉里，然而讽刺的是，如艾瓦这样的特朗普支持者不看《纽约时报》（她看地方报纸《艾奥瓦日报》），不看 CNN（她看地方台），所以民主党以为自己胜券在握（大选前的民意调查在某种程度上给他们一颗定心丸），事实上根本不知道，他们所面对的大多数选民根本不受他们的"操纵"。

还有一个感受更可怕，艾瓦是我在现实生活中碰到的唯一一位特朗普支持者，我每天乘校车都会看到有一栋房子门楣上悬挂特朗普的旗帜，那就是两位，这两位，是我刚来美国三个月时仅仅认识的两位特朗普支持者。尽管在美国，礼节上大家探讨政治的时候不能讨论彼此的政治倾向，因为这会引发争端，但我完全能感受到，我身边的老师和同学基本上都支持希拉里（"大选之夜"选情越发糟糕的时候，大家已经不能完全遵守礼节了，但凡希拉里拿下一州，整个 Dey House 都会响起雷鸣般的掌声）。

今天中午和室友吃饭，室友和早晨一起打工的美国同学也聊起这个话题：奇怪了，我们周围一个特朗普支持者也没碰到，究

竟是谁选了特朗普？

国内很多微信公众号早已经利用这一点在争取流量了——分裂的美国。这是真的，我能完全感受到这种分裂，彻底的分裂。

然而，结果出来之后更让我伤心的是看到很多国内的文章和一些人对这件事情的回应。我很厌恶一种心态，就是"看白戏"的心态——看啊，美国的民主制度多么愚蠢！看啊，美国终于要走向衰落了！看啊，一个疯子上台了！

这种"看白戏"的心态是我今天感到如此难受的原因之一。世界连在一起，发生在美国的事情同时也发生在我们中国。

回到那位同学的提问，真是讽刺，那天竟成了我在研讨课上说话最多的一次，我给他讲了定海桥栾奶奶的故事，说我们当初也感到无助，也觉得自己没有能力做任何事，后来陈韵告诉我们，还是可以写出文章，通过发表，给她一点稿费，虽然不能解决实际的问题，但至少可以让她开心开心，这件事情至少完成了。另一件事更有意思，我们后来发现栾奶奶并不是那个完全的弱者，她有她的生存之道，有她作为弱者的武器，她比我们这些看起来更体面的人更适应这个社会（如果她在美国，她大概就是把票投给特朗普的人）。

我总结了两点：1. 要相信我们的写作是有用的，这是我们的天职，我们的使命；2. 要摒弃精英阶层的眼光，这个眼光多么狭隘，我们已经看见了，我们根本不了解我们所要书写的对象、我们所要书写的社会。

讽刺的是，这竟然是我来这里这么久第一次"被接受"。是的，

我有着快乐的朋友圈和快乐的微博，然而我写信给 Gracie 的时候才会说，我时时刻刻感到自己是个 Alien，而且我的确是。我说："我每天都觉得自己要溺亡，但这就是人们如何学会游泳的，对不对？" Gracie 回信告诉我，这些"自大的白人同学"没有认识到你的才华，是他们的损失，你要离开"中国人的方式"，学会美国人的自私，要时刻告诉他们：我应当得到瞩目和尊重。虽然我的经历更多是一个外国人的隔绝，而非种族歧视，然而却是到了那节课后，才有好几个同学跟我说，感恩节后要找时间一起喝咖啡长聊。

有时候，我会觉得局外人的眼光比当局者更敏锐，美国学生今天只是关心说：四年会是个太长的时间，他们不知道他们的国家将要遭遇什么，而艺术家的预感偏偏很敏锐，这次大家的预感都很悲观。玛葛来自苏格兰，她分享了她在英国脱欧时的观察。课后我和一位西班牙语写作项目的同学同行，她分享了去年西班牙的大选，非常相似的一幕。她说，美国学生还没有认识到，这是全世界的趋势。

关于这个趋势，课上一位美国同学概括得很好，是拒绝，对多元文化的拒绝，对男女平等的拒绝，对我们这个课堂之内所有人认为的"文明"的构成表示拒绝。

下午刚上校车，就收到学校行政办公室发来的另一封邮件：

今天早晨发现，一栋宿舍楼的其中一面墙上写有激进的种族言论，请所有同学注意，即便我们有了新的总统，不代表学校坚

持种族平等的立场发生改变，我们已经介入调查。

这是大家每天感到更恐惧的事情，重新遭遇歧视，奥巴马推行的医保政策打了水漂，环保措施遭遇倒退，枪支管制再不会被提起。

我和西班牙同学道别前也想找寻一些安慰的力量。我问她：你有没有看齐泽克支持特朗普的言论？

她说：喔，我有！

我说：事到如今只能相信齐泽克的话了，特朗普在党内根本没什么影响。

她点头。

然后我很尴尬地微笑说：实际上我只能把齐泽克的观点视作一种安慰和希望，而今我需要紧紧抓住这一线希望。

她说：是的。又好笑又伤心。（It's so funny but it's so sad.）

最后一句话，事实上是我们在写作课上经常用的，如果我们要形容一个短篇小说写得好，往往是：又好笑又伤心。而仅仅在昨夜到今夜不到一天的时间里，这句话我已经听到了两次，另一次是我把义乌的那个段子翻成英语转帖到脸书上：

有趣的是，中国的小城义乌，绝大多数"中国制造"的发源地，它宣称早先收到了更多制作特朗普旗子的订单。（It's funny. Yiwu, a small town in China where most of "made-in-China" stuff originally comes from, claims it has received much more demands on making

Trump flags than Hilary Flags.)

我昔日的学生对此评价道：又好笑又伤心。

此刻，很想得到来自你的拥抱。

是我。

附:《玛里琳·鲁宾逊:重新定义美国价值》

采访 / 钱佳楠

2016 年 11 月 9 日凌晨,美国大选结果揭晓后,全球都产生了剧烈震动。我作为一个外国人,却突然感到在那样一个时刻无法置身事外。因为这绝非一次普通的大选,而是两种截然对立的价值观的激烈冲撞。前一天晚上,我于艾奥瓦大学作家工作坊所在的 Dey House 和大家一同等待选举结果揭晓,玛里琳·鲁宾逊坐在第一排,起初还在听我的同学开着蹩脚的玩笑,但尚未等具有决定意义的佛罗里达州的结果揭晓,她就起身离场。据当晚送她回家的作家工作坊负责人 Samantha Chang 说,玛里琳看到的是美国不同的地域、阶层之间呈现出如此大的鸿沟,这些鸿沟让她

痛心，她感到需要做些什么，以弥补这些鸿沟。

已过古稀之年的玛里琳是当代美国著名作家，曾经荣膺普利策文学奖、美国国家人文奖、美国国会图书馆颁发的美国小说家奖章（美国国会图书馆每年颁发一枚桂冠诗人奖章、一枚美国小说家奖章）等重要奖项。玛里琳是继霍桑、梅尔维尔、海明威、福克纳等小说泰斗以来的美国文学的代表人物，其作品已被列入美国文学经典。她不仅是一位造诣非凡的小说家，也是一位长期活跃在社会、文化、政治等公共议题中的人文学者，是《时代》周刊在 2016 年评选出的全球最具影响力的 100 人之一。

尤其具有传奇色彩的是，玛里琳出生于美国中西部爱达荷州的一个城镇，是虔诚的新教徒，她眼中最重要的作品是《圣经》，她在艾奥瓦作家工作坊最著名的课程就是领着有志于进入美国当代文学图谱的年轻人一节一节地精读《圣经·旧约》。她的小说也始终扎根于由白人新教徒占绝对比重的美国中西部农村地区。她饱受赞誉的小说著作"基列三部曲"中译版于 2017 年 7 月由"99 读书人"出版。

在最近一篇刊于《纽约书评》的散文《恐惧》中，玛里琳指出"恐惧"是当下美国文化状况中最严重的问题，有两种意义上的恐惧：一是在紧急的危险面前表现出的生理反应，二是经人为操作并放大的恐慌；后者将不安、孤独、偏见、憎恨通过这一种情绪宣泄出来，而表达这种情绪的人还以为他们所展现出的是睿智、勇气和爱国情怀。拥有扎实神学背景的玛里琳认为，后者不仅不符合美国新教徒的传统，而且还在酿造美国日趋分裂的局

面。这种恐惧让一个普通人走向枪击案凶手的理由仅仅是"他看我的眼神不太对",让每个人不再诉说自己真实的看法,最重要的,"恐惧"让我们不再按照我们应当遵循的准则行事,它让我们远离"最好的自我"。

在此次美国大选结果激起的震荡氛围中,既扎根于传统新教信仰又具有人文学者睿智的玛里琳的声音无疑将会非常重要,我一时兴起写了长信给她,向她描述我对美国的观察,问她愿不愿意和我这个外国人聊聊美国的政治与文化。她回信说:你的观察非常有意思,这次大选结果确实证明我们对自己所知甚少——行,让我们来聊聊吧。

正午: 您对这次大选的结果总体感受如何?就您所见,未来四年的美国会有何种变化?

玛里琳: 和很多人一样,我对大选的结果感到非常失望。这是我们的政体从未面临过的危机。投票支持希拉里的人要明显多于特朗普,然而后者获得了更多的选举人团票[1](electoral vote)。这种情况之前发生过,但是党派和总统候选人之间的差异从未如此极端过,而接受这个选举结果的合法性对很多人而言也从未像今天这样痛苦。这是宪法保障的其中一种选举结果。对我们而言,捍卫宪法的权威很重要,这是一条首要原则。到现在这个时刻,我们似乎真的必须迎来特朗普总统了。

很难预料美国未来的四年会发生什么,因为我们不知道特朗

普的真实意图是什么，除了让部分选民精神亢奋之外。事实上，他的一些糟糕的主张是违背宪法原则的，比如说，他要求对持某一特定宗教信仰的人群 [2] 进行审查登记。可以想见，这个族群将遭遇种种现实中的阻碍。特朗普还抨击那些在专业领域具有影响力的非政府机关，例如媒体。我会说我们将迎来比较动荡的四年。

正午：在 1999 年，美国社会学家阿兰·沃尔夫在《归根结底，一个国家》（*After All, One Nation*）中提出中产阶级的价值观（个人主义，家庭价值观，自我成就）是生活在美国的各个族群都拥护的超越性价值，也是这个中产阶级的价值观使得不同肤色信仰的人群在"美国人"的定义下和谐共处。如今，似乎这一价值观已经不足以成为悬置分歧的超越性价值了。在您看来，美国传统文化中有哪些价值可以成为当今美国人的精神支柱？

玛里琳：我不同意沃尔夫对美国人核心价值的论述。他所提到的这些价值观在最近这十多年风头正劲，最终导致了我们今天所看到的这种分裂的局面。历史上，美国人非常善于营造社群——我们的公园、学校、图书馆和博物馆，还有以教区和居民区为单位的更小的社群，都是传统意义上我们生活的基本面。

"家庭价值观"是个特别需要留心的提法，因为这暗示了他们在乎的幸福和安宁仅仅局限于亲属这个狭小的范围之内，而且他们的幸福和安宁必须得到保证，即便社群中的其他人无法享有他们所享有的一切。一个社区的良好运转和处于其中的任何个人的自由应当有更直接的关联，而"家庭价值观"实际上意味着个人

已经从社群之中抽离并且对更广大的世界不再关心。

我们历史上那些重要的文件仍然代表了我们的超越性价值——人人平等，生命神圣不可侵犯，由法律保障的自由，民有、民治、民享的政府。当然，我们很大程度上辜负了这些理想，所以这其中的很多仍然还是理想。但是这些价值赋予我们启迪，并且定义了美国社会生活中美好的那一面。这次如此极端的大选局面中涌现出来的对这些理想的漠视和敌意，使我们中的很多人更加意识到这些价值的可贵。

正午：能否请您谈一下"政治正确"这个词的历史渊源和当前意义？那些笃信女权主义、多元文化和为 LGBT（同性恋者、双性恋者及跨性别者）争取平权的人士有可能与感到被"政治正确"勉强和束缚的人群充分对话吗？少数族群之间又是否因为"政治正确"就找到共同的立场了呢？

玛里琳：那些真正希望实现人人平等的美国人，他们越来越在意人们言语中针对不受欢迎的人群所使用的贬损词汇，这些词汇会持续性地纵容他人为这些人群打上特定的烙印。这个善意的出发点在一些个案中被推向极端，进而被称为"政治正确"[3]，这个称呼本就包含着不满，来自那些感到自己被"矫正"，或感到自己将要被"矫正"的人们。

事实上，这个词应该叫作"道德正确"，因为粗鄙和谩骂性的语言确实会伤害弱势群体，进而损害我们在争取人人平等和社会正义的大方向上所取得的人道主义进步。而那些不赞同言语上自律的人，现在也确实显示出他们拒绝接受言语自律背后的正义准

则。很明显，这个议题并没有被小题大做。

正午：不少中国人倾向于将投票的过程等同于民主制度。然而投票的过程是否可能产生糟糕的结果？这些糟糕的结果是否会对民主制度造成长期的危害？

玛里琳：每一种政治制度都会犯错。有些政治制度因为在根基上有缺陷，所以一直无法走到正确的方向上。民主制度建立在对每一个公民的平等且专属的尊重之上，这是经常被我们辜负的理想。很显然，我们近几年来对我们的体制暴露出的问题也没有充分留意。然而，要解决民主产生的问题，就必须引进更多的民主[4]。

正午：学术界之外的人常常给受过高等教育的美国人贴上诸如"理想主义者"和"自由派精英"的标签。这种印象多大程度是真实的？多大程度是错误的？美国高校对此应当做出哪些反思呢？

玛里琳：很大一部分美国人都接受过高等教育。他们学习各种各样的东西，其中很多人修读的是实践性非常强的专业，所以很难说他们是任何传统意义上的精英。之所以会形成这样一种对高校学生的偏见，是因为较低学历者而言，大学毕业生收入更高且较少遭遇失业，这给人一种感觉，就是他们所接受的教育似乎赋予了他们某种价值，使得他们更理所当然显示出他们的优越感。要解决这种不公平，就必须要让更多的人受教育。令人愤怒的事实是，那些斥责高校学生为"精英阶层"的人，他们选出的所谓民粹人士往往又会为了这些人而削减本应属于他们的公共经费，

这就使得学费上涨，从而导致教育在经济上形成壁垒，最坏的结果就是筛选出来所谓的"精英阶层"，然而这又导致了更多针对大学的仇视和攻击。既然高等教育目前在公共生活中始终占据一个重要的位置，大学应当设法应对这个遗憾而尴尬的局面。

正午：您去年和奥巴马总统在艾奥瓦州的首府得梅因有过一次对话。奥巴马总统提到，自由"建立在人们必须对成功有着各自不同的定义这个前提之上"。如今我看到全球范围内有这样一种趋势：受过高等教育的人将成功等同于金钱、名誉和社会地位。高校毕业生蜂拥到大城市工作、生活，他们将生活在大城市之外的地方视为一种身份的降格。您对这个全球趋势有何想法？就您所见，个体成功要如何增进社会整体的进步？

玛里琳：你所形容的这种成功观念非常空虚，而且令人痛心。很多东西早应当阻止这种成功观念像如今这样泛滥。当这一狭隘的成功定义主宰市场时，成千上万的才能和天赋都无法找到话语权。长此以往，人类的经验会越来越贫乏。在此，积极意义上的个人主义应当重新予以重视。人们应当看重他们身上的那些能够创造不同价值的潜力，这其中包括善良和尊重这些珍贵的品质，而不是向相互模仿和相互竞争的趋势屈服，模仿和屈服只会枉费他们真正所具有的才能，而且他们不可能特别成功，也不会真正快乐。我认为真正具有价值的艺术和文学都无法在你所形容的这种自我封闭、不加反思、毫无意义的生活中创造出来。所有的创造性工作都有助于社会整体的进步，并且带给社会的裨益丰富而斑斓。

正午：您如何看待现今在美国社会中呈现的人与人之间的鸿沟？比如受过高等教育的人和未上过大学的人之间的鸿沟，比如城市与村镇之间的鸿沟，我们要如何才能做到相互倾听？

玛里琳：2008 年经济危机之后的经济恢复首先在城市出现。比起农村地区，城市占有更多的资源，刺激经济的方法也更多。不久之前，城市还都陷在大麻烦中，人们纷纷搬离城市。因而，城市也并非享有恒定不变的优势。规模较小的村镇经济模式较为单一，所以一旦产业转型、工厂搬离，它们遭受的打击非常沉重。历史上，联邦政府找到途径资助有需要的城市或者村镇渡过困境，但由共和党控制的国会拒绝通过奥巴马的动议来帮助这些地区 [5]。这就导致了今天被我们称为"阶层分化"的局面，也使得酿造这种分裂局面的党派 [6] 最终在政治上获益。

我认为传媒的精细化市场定位也是造成如今人与人之间分化的主要原因，也最终让这种分化陷入恶性循环。很多受过高等教育的人不会看拉什·林博（Rush Limbaugh）[7] 的节目，也不看福克斯电视台（Fox News Channel）[8]，因为他们知道这些频道提供的"信息"基本不可靠，而且这些节目主持人或制作者的逻辑谬误重重，常常是为某一政治立场吆喝。然而我们直到今年的大选才认识到这些媒体所具有的实际影响力。

当然主流媒体一定也会犯错，但至少它们在提供资讯时保持理性的态度，没有人会将在传递信息中煽动情绪或制造偏见作为自己的目标。政治体系有一些应对特定地区经济停滞的措施，最简单的，比如建造和修缮基础设施。确实，在一些地区，经济状

况非常糟糕，然而这些地方的问题与移民或反白人倾向或诸如此类的任何偏见没有任何关联，现在最大的问题是转嫁危机，将导致经济疲软的真正原因转向了前面这类议题。

正午：您以往在采访中提到过，美国当代文学最出彩的地方之一是我们可以听到丰富多元的声音。作为一个外来者，我非常沉醉于您的作品，然而却对作为整体的美国当代文学感到失望。美国当代文学（事实上也包括欧洲）绝大部分刻画的都是中产阶级如何与他们无聊和平庸的生活方式做绝望的抗争，抗争方式常常不外乎离婚和婚外情。然而我对美国经典文学是无比钦佩的：艾米莉·狄金森，沃尔特·惠特曼，纳撒尼尔·霍桑，赫尔曼·梅尔维尔，欧内斯特·海明威，威廉·福克纳，等等。就您看来，有哪些失落的美国文学传统应当被当代作家重新提起或重视？

玛里琳：我同意你的看法，美国当代文学确实显示出贫乏的一面，当文学不再提出一些伟大的质询，那么它将无法抵达任何地方。19 世纪的文学令人着迷，但 19 世纪之后，杰出的作家显得颇为稀少。当然，在这其中，梅尔维尔和狄金森都是到 20 世纪才被真正发现的，在他们那个时代作品平庸却非常出名的作家有很多已经被我们遗忘了。最好的作品总要经过岁月的淘洗才能从汗牛充栋的书籍中脱颖而出。现在也是这样，我们或许无法看见我们时代中最好的作品，它常常被更流行或是更能冲击感官的作品遮盖了光芒。我们现在对我们这个时代的文学下结论还为时尚早。

正午：我无比敬佩您的作品《基列家书》。每当读到约翰·埃

姆斯牧师对《旧约》故事亚伯拉罕带以撒去献祭的解释，我都感到震撼 [9]，我可以在您的作品中获得文学最重要的教谕：共情，虽然我没有宗教信仰，但这不妨碍我在埃姆斯牧师的宗教价值中获得智慧。在多数人看来，宗教价值和自由派的观念相互抵触。您能否为我们分享一下，您是如何平衡这两种截然不同的价值的？

玛里琳：我个人的自由派观念和宗教价值观能够非常和谐地共处，因而我不为那些觉得难以平衡两者差异的人感到担心 [10]。我忧虑的是那些自称为"保守主义者"的人，这个称呼暗示了他们死守着那些被我们自由派拒斥或者忽视的保守的根基。对我和我的传统而言，核心的价值始终是慷慨，热情好客，谦逊，对真理的敬畏，让上帝来做一切评判，承担他人的重担——宽以待人（liberality）。自由主义（liberalism）和宽以待人（liberality）共享一个词根 [11]。我发现基督教基要派（fundamentalist）[12] 的很多疑忌都既不宽容也不善良——或者说，违背了基督教的精神。[13]

正午：您写了这么多有关美国中西部乡村的基督新教徒的作品，作品中洋溢着智慧和人文关怀。然而根据人口统计，这些人中多数是特朗普的支持者，而特朗普展现出很多违背基督教的价值观。您如何理解这些人？您如此重视知识信仰，如何看待这个人群中体现出的反智主义倾向？您如何保有对这个人群的同情？

玛里琳：在美国的农村地区和小型村镇居住着很多充满智慧、见识广博和受过良好教育的人，很多人在那里生活得非常幸福。城市里的人常常完全无视美国有这么多非常棒的地方值得居住和生活。我无法简单地解释特朗普现象。但不管在哪里都有很多人

没有投票给他。重要的是，我们不能就着"大多数人"这个概念做无限的泛化推论，"大多数人"不过是占人口中的多数而已。信仰天主教的白人和信仰新教的白人一样有可能投票给特朗普，但是人口统计常常将重心落在新教徒身上。这仅仅意味着，你从分析统计的方法直觉感到的特朗普支持者会多过实际的支持者。鲍顿和埃姆斯 [14] 都代表着基督教新教价值中比较开明的传统。如果他们活到今天，两人都不会是特朗普的支持者。两人都会被特朗普吓到。

正午：小说写作和宗教信仰如何帮助您形成您看待政治事件的眼光？

玛里琳：小说写作和用宗教的眼光诠释世界非常相似，它们最终都需要让事件经过一系列价值的处理，不仅包括道德价值，也包括美学价值。当然，这些价值会被无视，也会遭遇侵犯，这是宗教和小说的一大重要主题，就像你会在你根本不曾预想过的地方和情境中突然发现真善美一样。

正午：您认为在当前这样一个特殊的时刻，作家的责任是什么？您对那些对大选结果感到失落甚至愤怒的作家有何建议？

玛里琳：我们如今的境况非常诡异，在美国政治历史上前所未有。我们必须要冷静下来，关注这个新政府究竟要施行什么政策。艺术家的责任始终是创造好的艺术作品。当然，他们同时也是公民，应当践行公民的义务。

（我谨在此感谢"正午"的编辑郭玉洁，美籍华裔作家 Meng Jin 以及艾奥瓦创意写作小组的同学，他们为我的提问纲要给出了非常多珍贵的意见；感谢美国作家 Mark Prins，Kevin Smith，Benjamin Bush 和 Amanda Dennis，他们为我分析了当今美国的政治局势，梳理并修正了我的注疏。尤其感谢现旅居美国的独立学者黄湘，他本人和他的著作《美国裂变——大历史转折上的总统大选》帮助我厘清对于美国政治历史与现状的诸多疑惑。）

—— END ——

[1]译者注：美国的总统大选保留了"选举人团"（Electoral College）的计票方式，公民在州内进行投票，他的选票决定他所在那一州的选举人团票应该由哪一位总统获得。选举人团以州为单位，等于该州参议员和众议员人数加总，除缅因州和内布拉斯加州是在州内又分设选区之外，所有的州都实行以州为单位的"赢家通吃"原则，即在一州内获得多数选民票数的总统候选人获得该州所有的选举人团票。在 2016 总统大选中希拉里实际获得了更多个人选民的支持，按照《纽约时报》12 月 1 日的最新统计结果，希拉里领先特朗普 250 万个人选票（popular vote），然而特朗普获得了更多的选举人团票（306:232），因而当选下任总统。

[2]译者注：指穆斯林。

[3]译者注：例如 Negro（黑奴）几十年前曾经是一个用来指代黑人的常用词，由于该词具有侮辱性，在"政治正确"的大背景下，现已成为美国社会的禁忌。而如果有学者主张种族差异导致智商差异，也会被认为是给不同种族的人群打上特定的烙印，有悖"政治正确"。

[4]译者注：在美国大选结果揭晓之后，舆论存在两派观点，一派认为特

朗普当选总统是美国民主制度的胜利，另一派认为特朗普当选总统是美国民主制度的失败。玛里琳·鲁宾逊的观点显然和这两派都有所区别。依照她的思路，第一派观点的问题在于，特朗普的竞选纲领公然鼓吹对少数族群的贬损与仇恨，完全不具备对每一个公民的平等且专属的尊重，即使他在选举人团制度下赢得多数选票当选总统，也绝非民主的胜利。而第二派观点的问题在于将民主的挫折视为民主的失败，没有看到真正的解决之道恰恰在于回到民主的根基。

[5]译者注：奥巴马政府曾于2011年提出"4470亿美元促进就业动议"（$477 American Job Act），包括大幅削减工资税、对雇用新员工的企业进一步减税、增加基础教育经费以防止教师失业、修建基础设施等，遭到共和党占多数席位的国会否决。奥巴马政府提出的其他措施，诸如为照顾儿童提供更多的税收减免、为社区学院提供投资、为制造业社区提供税额抵减、继续为大量长期失业者提供联邦紧急救济等，也都被共和党无视。

[6]译者注：指共和党。

[7]译者注：美国右翼政治评论人，在美国首演广播电视网（Premiere Networks）主持政治脱口秀节目。

[8]译者注：福克斯电视新闻台被诸多学界、传媒界及政界人士指出在播报新闻时具有保守派倾向和偏见。福克斯电视新闻台曾公开否认这项指责，坚称其播报新闻的立场中立，但评论节目则并不意在维持中立。

[9]译者注：《圣经旧约·创世记》篇中记载，亚伯拉罕100岁，其妻撒拉90岁，才诞下头生子以撒，但以撒出生一段时间后，上帝命令亚伯拉罕带他到摩利亚地的一座山上献祭，祭品为他那独生子以撒。《基列家书》中的主人公埃姆斯牧师对此给出如下解读："亚伯拉罕垂垂老矣，是这两个故事的重要因素。不只因为他几乎没有希望再生几个孩子，也不只因为老年得子多么宝贵，我想还因为任何一位父亲，特别是一位老父亲，必须最终把孩子交给茫茫荒漠，最终依靠上帝的眷顾。即使在最好的条件之下，父母也只能给孩子如此之少的保障、如此之小的安全之感，那么一代人为另外一代人之父，几乎都是一种残忍。因此有必要树立坚定的信念，把孩子交出去，相信上帝会把父母的爱给予他，相信荒漠上确实有天使。"

[10]译者注：此处暗示他们多少本着开放的心态。

[11]译者注：英语"自由"（liberty）就词源而言最早来自拉丁文 liber，李维的《罗马史》中记载罗马平民阶层向贵族争取自由的斗争，而马尔库斯·奥列里乌斯在《沉思录》中对此评论道："一种主张在政治上应该有着同等权利和同等言论自由的思想，以及一种尊重大多数自由政治的政府。"然而实际上，"自由主义者"(liberal)这个词在英语中自中世纪就已存在（最初词源很可能也是拉丁文 liber），《牛津英语词典》解释为"得体、高尚且慷慨的自由人"。美国高校的文科教育(liberal art)用的就是这个词，代表"免于受压抑的言论和行动自由"。

[12]译者注：基要派或基要主义，是 19 世纪末 20 世纪初在基督教新教内兴起的一个运动，而非一个以组织形式存在的宗派，它深刻影响了 20 世纪的很多教会。基要派主张《圣经》绝对无误"，反对一切自由主义神学，反对后者对《圣经》的批判。

[13]译者注：国内常有一种将"保守价值"等同为"宗教价值"的误解。具体说，美国的保守主义分为经济和文化两类。经济保守主义的核心是小政府、低税收和自由贸易。文化保守主义的核心是主张严格遵循宗教教义，反对一切形式的自由化。宗教信仰并不必然和某种文化或政治立场捆绑，美国的基督教中有保守派也有进步派。"保守主义"的内涵和外延随着时代更迭发生变化，不应将其视作恒定不变的价值或信条。

[14]译者注：鲍顿和埃姆斯为《基列家书》中的两个主要人物，均生活在美国中西部的村镇，是虔诚的基督新教徒。

绝望与现代迷信

亲爱的人：

假期还剩下一个月，我却连一篇新小说也没有完成。胃痛隔三岔五就折磨我，内心也因种种原因陷入焦灼不安的境地。

让我从最近听到的一次 TED 演讲说起，主题是"大数据中流失的人的视角"，我很喜欢主讲人 Tricia Wang 的开场方式，她没有直接提大数据，而是把观众带到了古希腊的德尔斐，阿波罗神庙的所在地，著名的古希腊神谕也在这里颁布。Tricia 说，在古希腊，下到奴隶，上到政客，但凡需要做一重大决定，例如："我们该不该开始这趟出海旅程？"又或者："我们的军队能不能往前进发？"他们都会请示神谕。对中国人来说，类似的神谕并不陌生，殷商敬鬼，大学时上古文字课认甲骨文，经常碰到这样的模板，某年某月

某日某人贞（卜问吉凶），旬亡祸（十日内有没有灾祸）？王占曰（商王根据甲骨的卜兆判断）：有祟（有灾祸）……迄（到了）某日，允侑来戚自西（果然有灾祸自西边来）……Tricia 总结说，因为人类对未知的未来感到恐惧，总是渴望做出正确的决定，这是所有神谕的心理基础。话锋一转，她绕入正题：

今天我们有了一道新的神谕，它的名字是"大数据"。

当然，Tricia 的要务不是批评大数据成了新时代的迷信，而是指出大数据能不能及时根据无时无刻不在改变的人类修正数据采集方式。如果一定要讲到自食恶果这种惨象，她给的实例是当年呼风唤雨的诺基亚公司惨痛的失败。而我，一个自大学起就与科学绝缘的人，反而对她演讲里的引子更感兴趣，我常常感到，进入现代社会以后，科学和技术确实成了新的"迷信"。

这话显得大逆不道，科学怎么可能是新的"迷信"呢？"迷信"之所以不可靠，是因为完全没有科学基础。如果类似的论争逻辑已经从你嘴里脱口而出，那么你"迷信"科学已成了板上钉钉的事实——你把符合科学看成验证真理的唯一标准。

多年前看过瑞士著名作家迪伦·马特的著名剧本《物理学家》，故事在三个精神病人之中展开，三人分别以为自己是牛顿、爱因斯坦和所罗门王。但是随着剧情展开，读者更多地被他们的"清醒"所震惊，这三人与其说是犯了疯病被关在这里，不如说是害怕自己的发明被人类误用，渴望用自我囚禁的方式把智慧成果带进坟墓。

我的一个朋友阿台最近总说在从事电子科技行业相关的他是

在为人类掘坟，他的想法悲观，认为人工智能取代人类只是时间早晚的事。这种恐惧我在美国也能感受到，上学期结下的酒友琳赛一见我就倒出她对人类未来的担忧，她认为将来人工智能与人类的关系好比是如今人类与牲畜的关系，"犹太—基督教传统从来都把动物看成低等的生物，人类对动物有绝对的管辖权。但我听说在其他文化传统里不是这样的，对不对？"她渴望从我这里找到宽慰，然而，即便在东方文化里人与自然有相对和谐的传统又怎样呢？在现代化的进程里，东方国家因为发展的迫切，动物灭绝的速度或许更惊人。

亲爱的人，你对科学的了解比我透彻，你或许要笑话我的无知和浅薄，但这也只是我思考的由头，我说这是种迷信，不是指人类盲目地相信科学，而是人类摆脱不了想要掌控未来的欲望。

从懂事起到年老，每个人都用自以为合理的方式企图以此牢牢抓住未来：小孩子会被教一大串为人处世的道理，相信按照这些原则做人，人生就会平坦；年轻人也会崇尚各种人生道理的修正版本，对幸福的简单化定义常常是"貌美"加"财富"，于是很多人以为化妆（整容）、健身加赚钱就可以全面步入"人生赢家"行列；老年人则热衷"科学养生"，不少人甚至每个月根据电视上新的养生节目更迭着自己的养生食谱，热情好比年轻人紧追时尚潮流——在我看来，这些都是"迷信"。

夏天回来的时候我对母亲说，人与人是不能比的，好比有些人天生吃不胖，有些人喝水就能胖，有些人每天运动、养生，几乎什么伤害身体的事情都回避了还是年纪轻轻染上恶疾，但有些

人天天抽烟、喝酒、经常熬夜，还是活到九十多岁。我患胃病后，与我相熟的同学都很惊讶，说可以想象所有人患胃病，但完全不能想象我患胃病，因我的作息非常规律，她们还会问，有没有问过医生为什么？我笑了笑，很多事情没有为什么，碰到了就是碰到了，这就是人生。

而在科学、技术、各种道理和励志故事的裹挟中，很多时候，我们忘记了无常和随机才是命运的常态。

这是我重读美国文学时的新感受，我之前谈约翰·契弗的时候谈到过中国文学传统里的"遮蔽"。举个简单的例子，鲁迅的《祝福》，我们过去都觉得祥林嫂的悲剧源于封建礼教，是封建礼教让这个女人像牲口一样被买卖，也缺乏觉醒的意识，言下之意，"打倒"封建礼教之后就不会发生祥林嫂那样的悲剧了。然而，平心而论，祥林嫂的悲剧即便放到当今世界男女最平等的地方一样会上演，死掉两个丈夫的悲剧会发生，人们的同情心在不断地重复聆听里逐渐磨去也会发生。"封建礼教"是一重遮蔽，制造了一种希望，让人以为命运的残酷是可以逃离的。

近来陷于一种绝望的情绪，我发现最好的疗愈竟然是请一位瑞士朋友雅克在电话那头为我朗读短篇小说，篇目由他选择。上周，按约定的时间，电话响起，我以为他会读他钟爱的弗兰纳里·奥康纳，结果他给我读的是林·拉德纳的名篇《理发》。我之前从没读过林·拉德纳，但听着他读，我被这个短篇里消失已久的传统的讲故事腔调，以及小镇里鸡零狗碎的琐事深深吸引，我向来爱着中国的烟火气，一直在勉强忍耐艾奥瓦城毫无烟火气的

生活和缺乏烟火气的美国文学，却不经意在林·拉德纳这里撞见我思念已久的俗世气氛。

雅克更专注小说的叙事者，读完后，他对我说：这个叙事者显然缺乏智慧，小说的主人公吉姆是个十足的浑球，但叙事者对他的斑斑劣迹完全没有意识，还觉得这个人有趣极了。

挂上电话后，我久久地思考着这一点，也着急地把林·拉德纳的文集找来读，慢慢才读出这种"无意识"的可贵来。和雅克认为这是林·拉德纳有心选用这种叙事角度不同，我倒觉得林·拉德纳本身可能就是这种人，更专注人的有趣与否，哪怕这种有趣建立在"恶"的基础之上。除了《理发》，还有则题为《哈利·凯恩》的小说我很喜欢，主角哈利·凯恩是名棒球运动员，这家伙有点像《灌篮高手》里的樱木花道，有着未经发现的罕见天赋，但也有致命弱点，有股蛮劲，把别人的玩笑话当真，一见女人就失魂落魄。不过，我喜欢的不是这个活灵活现的人物，而是拉德纳讲故事时的自由舒放，他像是真的抱着对哈利·凯恩的欣赏来讲的，欣赏他的棒球绝技，更欣赏他的蛮，也因为如此，幽默——而非令人谜之尴尬的搞笑——才从字里行间漫溢出来。

这是我一直试图克服的写作里的毛病，因为是现代人，我面对我的人物也惯用现代"迷信"给他做一番性格缺点分析：他会栽在哪些性格缺陷上？这样写小说，人物往往很难有趣起来，因为他成了验证现代真理的标本，而不再是活的人。什么是活的人？常常是一塌糊涂、一无是处的人最后混得风生水起，中规中矩的老实人到处碰壁，这很多时候就是命运的真相。而陷于"迷

信"的现代人常常有意无意地回避这一真相，非要从前者的人生里榨取"成功经验"、从后者的经历里收获"失败教训"不可，当一个作家在做这种"分析"和"审判"的时候，他的小说很难"好看"。

林·拉德纳是菲茨杰拉德、海明威的同代人，后两位都自称是拉德纳的仰慕者，但拉德纳从没把小说当成正经的事情，他写着赚钱，也不讲究，所以有趣是有趣，缺陷也很明显。不过，我个人揣想，菲茨杰拉德、海明威及塞林格等大作家佩服拉德纳的或许就是这种完全置身事外，用一种"看白戏"的心态笑对人世中的光怪陆离，很多作家做不到这一点。也有这种情况，有些作家年轻的时候能做到这一点，一旦年长，想"正经"对待创作这件事的时候，就失去了这种游刃有余的态度。

很偶然地，因大学好友亭子的推荐，我刚好读完夏商老师的《东岸纪事》，写浦东开发之前的上海往事，我爱不释手，里面也是这种生活的原味，作家的姿态放得很低，低得就像茶馆里的说书先生——把故事说动听了，才是作家的本职。我一直佩服汪曾祺、沈从文写小说的那种从容，他们也把作家的姿态放得很低（这和他们是否对自己的才华感到骄傲并不矛盾），正儿八经的文学教科书常常说这是因为他们抱着对乡土人情的"爱"的缘故，我觉得那完全是胡说八道，作家不一定非要爱他笔下的人物不可，他自然可以爱，但也可以恨，可以嘲讽，可以模棱两可，重要的是他对八卦的猎奇要大于他对"人生真谛"的执着，他喜欢"趣味"要胜于他在乎"善恶"。我知道这番话又有大逆不道之嫌，你就看

成这是我得到的启示，至于会不会因此而走火入魔？我说不准，以后看吧。

扯回人生，扯回现实，绝望的情绪仍然难以消弭。今天偶然看到佩玛·丘卓（Pema Chodron）的《当生命陷落时》（*When Things Fall Apart*），借小乘佛教的眼光看如何渡过人生中的难。里面有很多引文我都喜欢极了，比如说，西方人（尤其美国人）都希望通过"解决问题"的思路来破除人生的难，但佩玛·丘卓更倾向于认为这些难是解决不了的，人的孤独、死亡，人生的了无依靠都是生而为人的常态，恐惧和不安全感恰恰是接近生活本相的最真实的反应。因而，佩玛·丘卓认为，当我们开始质疑是否存在解决困境的希望时，苦难正在瓦解。

亲爱的人，你大概早已厌倦我情绪的波折起伏，你甚至会和很多人一样感到不留存希望是悲观和怯懦的表现，然而并非如此，这是一种更现实的拥抱生活的姿态。而今的我理解了加缪在《西西弗神话》里最后所写的：应该相信，西西弗是幸福的。

是我。

现实的土壤

亲爱的人：

这封信拖了很久，我惦记着你。

我在洛杉矶，但对这座城我完全喜欢不起来，这是我始料未及的。

我说自己喜欢城市，大概是喜欢在城市的街道上行走，漫无目的地，看形形色色的人努力地生活。然而在洛杉矶，没有人走路，更糟的是，这座城布满了让你不敢独自行走的所谓的"坏街区"（bad neighborhood）。

南加大所在的街区就是这样一个"坏街区"，而我来的就是这里。

我看到校区和周边社区之间被铁栅隔开，学校设门禁，有不同层级的安保、警卫日夜巡逻。虽尊重这种安全举措，但我却看

到隔离，而隔离，是洛杉矶留给我最深的印象。

可能是我的问题，我不该在这所昂贵的私立大学找微波炉。为了加热前一天从韩国城带回来的剩菜，我一连问了七个在校生，哪里有微波炉，没有人知道。

"大概在食堂有，虽然我从没见过。"他们中的两人说。

后来我是在学校官网的"紧急食品援助"页面上看到的，食堂确实有，藏在墙角，一排垃圾箱的后面。或许是我敏感，我的直觉是：一部分人的生活必需对另一部分人而言是羞耻。

我想到念过的美国公立大学，之前在英国念的伦敦大学亚非学院，微波炉都是摆在图书馆、食堂、超市等最显眼的位置——先让人看到，这是人的基本需要。

在微波炉之后，震惊我的是公交车。

洛杉矶人骄傲于他们的轿车文化，也骄傲于他们的高速公路，于是公交车便成了阶层的标志。车上几乎看不见白人，而是清一色劳工阶层。一位南加大教授跟我说起他女儿，考上大学的时候因为不想开车，想坐公交或地铁，这可吓坏了她的妈妈，她一直在问："你说说看，一个17岁的金发姑娘，坐公交到底安不安全？"

听完这以后，我开始意识到，洛杉矶人常说的"好街区"和"坏街区"首先是"富区"和"穷区"。又因为"好街区"的人不需要去"坏街区"，而后避免去"坏街区"，所以那里就成了无政府的黑暗世界。住在"好区"的洛杉矶人不一定感到，这座城是全美不折不扣的"黑帮首都"，这里有几个在世界范围内都令人闻风丧胆的帮派。而这些毒贩和杀手，最初不过是失足少年，是衰

败的街区，是毒品、枪支、洛杉矶警署的腐败、市议会的长期漠视，让他们得以壮大，以致失控。

亡羊补牢，却步步维艰。2002 年年末，让纽约犯罪率锐减的争议性人物威廉·布莱德利被任命为新任的洛杉矶警务署署长，他希望在黑帮林立的洛杉矶东南区复制自己的传奇。可是，在接任的第一年，黑帮活动反而更加猖獗，这一区的谋杀案数量也再创新高。他找到的首要原因是警力不足。2003 年，纽约有四万警察，洛杉矶只有九千，而且主要的警力都驻扎在"好区"。布莱德利向市议会要求增加警力给"反黑组"，议案被无情否决。

"最关键的问题是，住在好区的人是不是希望整座城市都变得安全？"一名负责东南片区的警员质问说。

"同情！"另一位警员对记者大喊，"我们希望洛杉矶人有同情心。"

——如果连这部分人的存在都看不到，怎么会有同情心呢？

来洛杉矶之前，我从不知道一些我习以为常的东西扮演着如此重要的角色。我在艾奥瓦的同学，来自纽约的弗兰基说："因为要搭乘地铁，每天早上，富人、穷人、白人、亚裔、拉美裔、黑人都要挤在一起，不管我们是谁，我们同坐一条船。你在街上行走，和人擦肩而过，就算你看到乞丐，你也必须从他们的身旁跨过去。那些时刻，我们同是纽约人。"

凡此种种，让我在南加大的教室里坐不下去，我对老师说，我要去看看铁栅外的世界，我要写写铁栅外的人的真实生活，能不能给我一些建议？

他们说：去图书馆，博物馆。

他们还说：乘车去市中心，那里安全，这里附近危险。

我很快便知，他们也是自绝于铁栅外的人。

来到洛杉矶的第二周，我没再去上课。后来发现，要了解铁栅外的生活没这么难，只要走出铁栅就好了。这是我原先在上海定海桥想做的事，这是我原先采访下岗工人的子女时想写的东西，在上海都失败了，在洛杉矶反而成了。

很简单，从每天走三公里路上学开始，从去同一个街边摊贩那儿买早餐开始，从去教堂和人搭讪开始，从尝试联系撰写相关文章的记者开始，从每一次等公交车的时候和人微笑寒暄开始，从学习西班牙语开始……

就这样，神父跟我说起他亲历的 1992 年洛杉矶暴动，一位老教授带我逛校园，告诉我每一栋建筑背后的故事，一位诗人带我去了全加州犯罪率最高的街区，一位大家公认的"这个时代少有的真正的作家"愿意接受我的电话采访——更多的信息来自寻常百姓，来自每天卖给我早餐的拉美裔大妈，来自一同排在队伍里的拉美裔劳工，来自大学周边遭驱逐的租户，来自带领租户维权的年轻人……

这也就有了"正午故事"刊登的这篇洛杉矶随笔。

因为我掌握的材料太庞杂，而且每天都在跟新的人交谈，去新的地方，阅读新的资料，所以有很多东西没放进去，也放不进去。比如说，我确实看到了"全球化"和"社区责任"之间的矛盾。还是以南加大为例，其实这所大学一直力图扭转"贫民窟中的富人岛"形象，自 20 世纪 90 年代就推出"社区学术营建"项目。针对洛杉矶东部和南部的低收入家庭，参与的学生必须在申

请大学前的连续七年每周一到周五都到南加大来上两小时的补习课，每周六上午则补四小时，家长也必须每两周参加一次周末培训，所有补课不收取任何费用，如果坚持完成，并且符合南加大的录取标准，则可以得到全额奖学金。

这个项目一直都在，但有趣的是，学校有老师以为停掉了，因为以前感觉这批学生存在，而今感觉不到。这又是为什么？

在校方的说明里，我看到这样的数据："每年都有一千名学生参与这个项目。从1997年第一届毕业生至今，共有1040名学生完成了这一项目，其中82%入读了四年制大学，35%入读南加大。"平心而论，数据并不可喜，撇开贫困家庭的学生要完成这个项目的现实难度不说，如果考虑到近二十年来大学招生人数的膨胀（2017年南加大录取19000名本科新生、26500名研究生新生），这一项目并没有相应扩大。

后一天，我坐在学校的图书馆前自修，突然起了兴致想数数一天会有多少个校园游学团，仅从上午的9点到11点，我身边共有7个游学团经过，很多是中国面孔，穿校名T恤的南加大学生带领着这群稚嫩的脸庞游览校园，每一列队伍都会在文理学院门口停留，参观者一齐看向悬挂有各国国旗的回廊，每位学生导游的言谈举止都如一个模子刻出来一般："这栋是达娜和大卫·多恩塞夫文理学院，但我本人喜欢叫它国旗大楼，你们可以看到学校非常重视全球文化多元性，每年国际学生的占比超过20%。"

在南加大的官方网站上，我找到了学校的战略定位——"艺术、科技和国际商务的全球中心"。多元文化是如今这个时代的

"政治正确"，有了这层名利双收的华丽外衣，何须急着扩大那个人力物力耗损严重的"社区学术营建"项目呢？

当然，这只是我的推想。但我确实看到了大学周围的中产阶级化（gentrification），看到了穷人遭驱逐的事实。

很多年前，国内在质疑高校是否能培养作家的时候，我其实已经明白大家质疑的不仅是技巧会否导致匠气，更在质疑高校的圈养会否把作家拔离现实的土壤。

我的答案是"会"，但不仅是高校，办公楼、门禁森严的公寓、轿车，种种都是。

我也想到之前在上海为何做类似的事会半途而废，因为当时的我就是现如今我在教室遇见的同学，喜欢铁栅之内的安全，喜欢空调的舒适，喜欢干净漂亮的衣服，喜欢大家晃着咖啡说着可有可无的话，喜欢把时间用在跟社会层级更高的人打交道——容我把这叫作"心智的中产阶级化"，当我们整日坐在咖啡馆，自然只能写"咖啡馆文学"。

我不是说小说非得写实，而是缺乏现实土壤的小说很容易沦为说教。比如我这次在暑校遇见的非裔同学，她想要写一部有关20世纪初得州黑人牛仔女孩的长篇。

我问，为什么，你来自得州？

她说不，她住在离学校两条街远的地方。是因为从没读过黑人牛仔的故事，更没读过黑人牛仔女孩。所以想写，肯定很酷。

我憋着心里的话没说：20世纪初的得州有没有可能存在黑人牛仔女孩呢？

当然，每个人的文学观存有差异，对很多人来说，在政治正确的旗帜下，有着重塑现实的迫切性。然而这种重塑会不会成为一种宣教？他们用这种准绳来衡量过去的作品会不会是另一种审查？他们呼吁建立的发表少数族裔作家作品的平台会不会只是慈善行为？

美国著名作家亨利·詹姆斯说：世界上没有英国小说和美国小说，只有好小说和坏小说。

好和坏对我来说很容易分辨，就是能不能打动人。而要能够打动人，必须扎根于现实的土壤。

土壤是泥泞的，也可能是危险的。诗人迈克和我在雷默特公园（Leimert Park）行走的时候，确实招惹了一些疯狂，幸而没什么事。我每次出去"探险"，都跟一位昔日的学生报备，虽然如果遇见什么麻烦也是鞭长莫及。

不过，我有一天在博物馆里忽然参透了一手材料和二手材料的差异。博物馆二楼有人造的热带雨林，模拟了环境和声音，也让你走进去有几分"吓丝丝"的感觉，但你知道这是假的，你知道你不会遭遇真正的危机，所以也不会感到真正的恐惧。而写作，是要独自去感受那所有的情感，我知道天才可以不出书房就感受到一切，我不是天才，我需要那片现实的土壤。

我在洛杉矶还有最后一周，找到了一位当地朋友后天带我进全美最大的露天贫民窟 Skid Row 逛一逛，还有个更疯狂的念头，现在还没实现，就是借几顶帐篷，找几个年轻的朋友一起在街头露宿一宿。

城市还是有城市的乐趣。

是我。

附：《洛杉矶：有些未来我不想去》

或许和所有大城市一样，洛杉矶也是座矛盾重重的城。这里，人人都大谈政治正确、文化多元，但各个族裔生活在泾渭分明的区域；这里，既可遥望巨星豪宅、摩天大楼，又会在不经意间闯进全美最大的露天贫民窟。

在这里，一部分人可以对另一部分人的苦难闻所未闻。

1. 铁栅之城

"你知道，任何真实的城市，你走在路上，和别人擦肩而过，或者别人偶尔撞到你。可是在洛杉矶，没人会碰你。我们总是躲在钢筋和玻璃的后面。或许是因为太怀念那种互相触碰的感觉，

所以我们撞车，只是为了感觉彼此的存在。"

"你的脑子大概撞坏了。"

———《撞车》

　　洛杉矶中南区处处是铁栅和铁丝网。我住的街巷除了两栋豪华的别墅（装有自动报警设备），其他房子都用铁栅圈起。习惯美国中西部温顺的家犬后，很惊讶这里的宠物狗还保有看家的本能。我跟二房东伊丽莎白交接后，她带我下楼熟悉环境，隔壁家的贵宾犬在铁蒺藜内追着我一路狂吠，直到见我走过它家大门，方才罢休。

　　最明显的"隔离"在南加大，其主校区和一条马路之隔的生活区都围有黑色铁栅。暑期课首日我们就被要求办好南加大学生卡，因为一过晚上九点，十八个校门会关闭十个，剩下八个岗亭每一个都由两名警卫看守，须凭卡进入，生活区也一样。

　　南加大不仅有门禁，还有重重的安保系统，学生宿舍需指纹验证，学校"公共安全部"的白色轿车整日在校区内外巡逻，有校园警察，这之中既有洛杉矶警署借调给学校的警力，还有南加大自己的校警，后者是类似国内铁路警察般的存在，有独立执法权。入夜，校区附近还会出现"朝阳大妈"。这些普通居民由学校雇用，穿着印有"南加大安全使者"字样的黄 T 恤，从日落时分一直站到次日凌晨六点。

　　媒体把这一现象讥讽为"贫民窟中的富人岛"或"堡垒"。

　　美国人私底下开玩笑："南加大的学生多是上不了常春藤的富

家子"，这所私立学校每年的学费高达五万美元。与此呈对比的是，大学所在的区块是洛杉矶最贫困的中南区，居民以非裔和拉美裔为主，亏得好莱坞大片的宣传，这一区有三样东西蜚声国际：枪击、贩毒和黑帮。

我很难批评什么，因为安保的层层升级直接缘于两次中国留学生遇害事件。2012 年 4 月某日凌晨，硕士生吴颖和瞿铭在二手宝马车内遭枪击身亡，冲突因劫车而起。那次事件后，学校在周边部署了 700 个摄像头，增加警力，并设置晚上的门禁。2014 年 7 月，硕士生纪欣然在凌晨回家路上遭五名劫匪持棒球棍重击，次日被发现死于家中，逮获的疑犯中有三名未成年人。这一事件引发轩然大波后，在中国学者和学生联合会的要求下，学校再次增加校园警力，且暑假也不降低警戒级别，现在的"朝阳大妈"就是在那之后出现的，全年无休。

南加大的公共安全部在入校教育时告知学生：晚上，除主校区和生活区外，其他地方尽量避免前往；即便在白天，最好也不要单独行走，更不要显露财物和使用手机。

我隐约觉得有什么不对，但我说不出。

我是来参加《洛杉矶书评》主办的出版工作坊的。从早上九点到下午五点，我们被关在一间大教室里，孵着空调，上午讲座，下午小组活动，中间一小时午餐。和国内相仿，每个讲者都会抱怨出版行业日薄西山——纽约的五大出版公司把持市场，普通人不再有阅读习惯。

但是很快，我就失去对这一"夕阳产业"的同情。课程首日，

部分学生上台宣讲自己的项目，以招兵买马。白人姑娘琳达说要建一个给少数族裔作家的平台，说到少数族裔仍缺乏发声的渠道，她义愤填膺，还让大家不用担心，她母亲那边是东岸富豪，不差钱；有位同学要做一份叫《候诊室》的刊物，因为医院候诊室大排长龙，应该有本杂志出现在那里；还有一位来自奥地利的姑娘要创建一本专门给非英语母语作家的在线杂志……

课下，我和奥地利姑娘聊得最久，因为那是我的本行。她雷厉风行，我刚跟她提了几份欢迎国际作家来稿的刊物以供参考，不等调查，她当晚就注册了能想到的所有域名，第二天给班上所有同学群发了征稿信——她给我发来网站设计图，她的大名醒目地印在这个未来网站的核心位置。

"我太兴奋了，这么好的点子竟然还没有人想到过。"她说。

可能是年龄大了，我会不自觉地泼这些人冷水——非英语母语作家根本不想把作品发在一个专门留给他们的"慈善"平台上，而是希望能和英语母语作家一样出现在他们的刊物上。

不过，跟她说话时我改了语气："平台可能要起到孵化功能，帮助作者最终得到美国本土读者的认可。"

她说好，然后问我能不能先给她一篇稿。

那种不对的感觉越来越明显。第三天起，我罔顾学校和朋友的忠告，开始走路上学。

走过两条街，看到好几个拉美裔大妈推手推车卖早点，一种玉米叶包裹的蒸食，也卖热巧克力和燕麦牛奶。一份早点加一份热饮只要三美元。我站进队伍里，成了唯一的非棕色面孔，其他

人问我是否也喜欢吃这个。我摇摇头说，我还不知道这是什么。

走到南加大生活区，我才剥开玉米叶，内里白净细嫩，玉米的香甜加上鸡肉馅的紧致，我意犹未尽，赶紧描述给我认识的每一个洛杉矶人，没人知道我说的是什么。来自纽约的华裔诗人Stella帮我问她在哈佛的拉美裔同学，结果我的手机收到了一大堆精美的墨西哥美食图，没一样是我的早点。

谷歌也帮不了什么，我搜索"洛杉矶墨西哥小吃摊"，跳出的都是餐车大巴，那几位大妈可没这么豪华的装备，她们的手推车上只有两只保温桶和两个保温箱。

后一天，我去同一个摊位买早点，这次记得问这种食物是什么，大妈没太听懂我的问题，是身边一位懂英语的小伙儿为我拼出来的：塔马尔（Tamale），我兴奋地告诉所有人，只有二房东伊丽莎白知道这东西——"几年前我在一家墨西哥餐馆吃过，是挺不错的。"

我忘了，伊丽莎白虽学过西班牙语，却是在波士顿的非裔知识分子家庭长大的，上的是耶鲁。她警告过我不要走路，虽然已在这间公寓住了两年，但两条街外的塔马尔大妈早餐铺仍是她不曾"冒险"涉足的地方。

我决定不再去上课。偶尔在校园碰到同学会被问起，我说自己要去看铁栅外的世界，要去和塔马尔大妈、冰激凌大叔、私人杂货铺老板聊天。

四位洛杉矶的本地学生都惊讶地张大了嘴，她们的回答一模一样："啊，那是一个不曾有人知晓的城市一隅。"

是在《洛杉矶时报》对"死亡之巷"的专题报道中，我才发现塔马尔大妈可能是所谓"坏小区"的标志。

"死亡之巷"位于中南区和另一破敝大区"英格伍德"（Inglewood）的交界处，在佛蒙特大道 89 街（南加大位于 34 街），有全加州最高的凶案数量，最近十年，在这条不足三公里的街上有 70 人毙命，多数死于枪击。引我注意的是一条读者留言："生活在那里意味着习惯枪声，习惯塔马尔大妈，习惯便宜的汉堡和比汉堡更便宜的女人。"

我找到了一个愿意带我去"死亡之巷"和英格伍德的人。他叫迈克·宋克森，洛杉矶本土诗人。在翻查中南区历史资料时，我偶然读到他写的一系列纪实散文，还发现他过世的祖父母早前就住在英格伍德。我联系了他，他一口答应。

和我想象的不同，中南区的纵深处并无什么特别，整齐的住宅区，一个方块加一栋木屋，从花园的修缮情况可以看出有些房子已空置许久。在 70 街，我们看到一栋房子前有充气滑梯，三个非裔孩子正爬在上面玩，他们的母亲在旁看着，其乐融融。

"你看，其实这儿没他们说的这么恐怖。"迈克说。

我刚说是，车子就停在一个红绿灯前，街对面的店铺都关门了，墙上有涂鸦，十字路口的一角摆着一些瓶瓶罐罐和花束。

"如果你在路上看到这些东西，说明有人死在了这里。"迈克解释说。

我问那些瓶瓶罐罐是什么，他说是天主教的蜡烛。

离 89 街越来越近，我和迈克不约而同都没说话，车内的空

气似因我们的沉默而绷紧。奇怪的是，过了刚才那个路口，眼前又是整齐划一的住宅，87街也如此，88街没有人，一排冷清的商铺，铁将军把门，不知是否还在经营。89街到了，不知是不是我的错觉，我觉得车在加速，瞬息之间，我瞥见一排非裔年轻人靠墙站着，无所事事，粗壮的手臂绘满文身，中间的两人戴着棒球帽，车开过时我们匆匆对视，我瞥见了憎恨。但车一过90街，一切又都看起来寻常，仍是住宅，且很多没有铁栅，92街和93街，还可零星看到豪宅，迈克说那些是黑人中产阶级的房子。英格伍德也是类似的情景。

迈克似乎读出了我的疑惑，他说："洛杉矶有句话，你在这儿看到个好小区，但可能过了一条街，就是一个坏小区。"

为什么？我感到疑惑。

他说："这个问题，我给不了回答。"

之后，迈克带我去雷默特公园——黑人爵士和诗歌的发源地，我们把车停在一条不足50米的文化街旁，参观美术馆和书店，辨认地砖上的人名。仅一街之隔，对面显得很荒僻，一个黑人男青年赤裸上身，把双腿搁在墙上做俯卧撑。他很瘦——在洛杉矶，你很难判断一个人是真的瘦还是吸毒成瘾。

迈克带我到街对面转身看文化街这头的墙画，这个黑人青年很快走近用身体挡迈克的道，眼里充满愤怒——迈克是白人。黑人大喊："你哪儿来的？"

迈克一边领着我往回走，一边答："哪儿也不是。"

黑人不依不饶地喊："你哪儿来的？"

迈克说:"洛杉矶。"

然而,我们一旦走回文化街这头,黑人青年也转身离开。我有一种异样的直觉:洛杉矶不仅布满有形的藩篱,还有着隐形的边界。

2. 没有庇护的人

有人赢得了全世界,有人赢得了从良的妓女和亚利桑那之旅,而正义,哪儿都没有。

——《洛城机密》

每天,我都去塔马尔大妈那儿买早餐,为了能和她,和拉美裔邻居多说几句话,我学起了西班牙语。有一天去早了,没其他客人,塔马尔大妈和我聊起天来。她问我:"你是学生吗?我儿子在圣费尔南多谷念大学!"

这话让我鼻酸——我从她脸上看到和我母亲一模一样的表情,我曾厌烦做了一辈子工人的母亲逢人便吹嘘我在美国念书,但是从塔马尔大妈那儿我一下子明白了那种期待。

著名语言学家诺姆·乔姆斯基在《美国安魂曲》里谈到现代社会的阶层分化:律师、医生和大学教授等专业人士被保护起来,形成一个相对稳固的中产阶层。他们也会失业,但他们的收入偏高,重建生活的可能性很大。然而劳工阶层没有保护,一旦失业,他们将万劫不复。

这一阶层出个大学生是不易的——他们期待自己的孩子能成为受庇护的人，大学让他们看到了希望。

塔马尔大妈对我说的第二句话是："你走路？不要一个人走路。"

有多少人告诉过我不要走路？伊丽莎白，我遇到的每一个洛杉矶人，南加大的校警，我都没听，但是塔马尔大妈跟我说了之后，我当即就摸出两美元零钱坐上公交车。我相信她，因为这一路她走过。

洛杉矶的公交车上几乎看不见白人，全是少数族裔。但就在那天，就在听了塔马尔大妈骄傲地说"我儿子在念大学"后，我在车上认出了他们——他们被生活蹂躏的沧桑表情，粗糙黯淡的皮肤，走形的身材；中年妇女的长发都用一个塑料爪夹夹至脑后，不施粉黛，男士们都有啤酒肚，钥匙别在皮带上，裤腿残有油漆印——全世界的劳工阶层竟然都有着同一张脸，同一个身型，他们不是别人，是我的父辈。

美国人喜欢提种族，我看到的却是阶层。那天回家，我在租住的街区辨认出20世纪90年代的中国，那些工人成批下岗的城市。这里是大型卖场舍弃的角落。从家到学校不足三公里的路上，是一个个菜场支起了社区的核心，商铺的构成很统一：西班牙语大字书写着"蔬菜"和"肉"，旁边有熟食铺——墨西哥卷饼，有投币洗衣店、外汇兑换点、杂货店、锁匠铺，全是私人经营的，连锁店往往是赛百味，廉价中餐，连麦当劳都很少，更别提星巴克。

我住的小区，路边的草丛随处可见外卖餐盒和烟头，街道留

有斑斑油污。离家不远有辆超市购物车被铁链拴在树上，一个破沙发被弃在路边，我有意记下这些垃圾的位置，过了几天，同样的垃圾还在原处——我才恍悟，我唯一见过的清洁工是在南加大的校区和生活区里。

来到洛杉矶的第三周，我认识了一个"白左"：保罗·兰斯洛。

起因是我无意中翻看到最近两年南加大附近租户遭驱逐的事件。两件事都涉及位于学校北面博览会公园附近的物业，情节极为相似，新业主买下整栋大楼，租户某日回家发现自家大门被贴上如下告示：

本大楼将拆除重建，未来只租给南加大学生。请于通告贴出后 60 天内迁走。

2016 年的强迁事件《洛杉矶时报》有过报道，聚焦一家名为"信任"的非营利机构在这之中扮演的可疑角色。这栋楼的租户早在 2012 年就被以相似的理由驱赶，就在他们走投无路之时，这家机构从天而降，救世主一般为他们争取权益，最后是市房管部门的介入让房东收回了逐客令。得到居民信任后，"信任"组织他们联名写信给市规划局，允许该机构以九百万美元从前业主手中购买业权。此后，就发生了前年的这一幕："信任"将大楼转卖给新业主，租户再度遭到驱逐。

然而这一次，"信任"不再提供任何帮助。记者问该机构，列在预算里的一百万居民安置费将如何使用？机构不愿透露。"信

任"给租户提供了一份低租金地区列表，包括了类似"死亡之巷"的高犯罪率社区。记者再问该机构是否会为居民聘请专门的置业顾问，"信任"回答说新业主已聘请了相关公司，不需要重复聘请。而新业主请来的顾问开出每间房1375美元的抚恤费（洛杉矶一间普通的单人公寓月租金约2000美元），他们给出的理由是，不能多付，因为更高的抚恤金会让这些租户失去"条款八"的资格。所谓"条款八"，指政府核定的低收入家庭，如找到愿意接纳他们的房东，政府会补偿租户可支配收入和合理市场价之间的差额——记者还发现，这家置业顾问对"条款八"的知识来自市房管部门的"指教"。

2017年几乎是同样的一幕在隔壁的大楼重演，韩裔富商一连买下七栋公寓楼，在圣诞节前夕驱逐租户。洛杉矶的两家大报都沉默了，我查到今年4月的南加大校报有过报道，但不出意外，我问了很多学生，没有人听闻。

在一家独立左派网站Konkret Media上，我看到一封署名为南加大师生的声明：

我们拒绝接受南加大的表态，说学校给南洛杉矶社区带来了持久的福利。相反，很明显南加大是附近社区居民遭驱逐的共犯。

出于好奇，我去信询问，收到了保罗·兰斯洛的回信，他说自己不是网站编辑，而是租户联合抵制运动的组织者之一，可以来见我。

我以为出现的会是一个深色皮肤的中年租户代表，没想到是个不到三十岁的英俊青年，白人，金发，下嘴唇戴一枚唇环。

"我们不是非营利组织，而是社区互助小组，我们的经费来自会费。"保罗一入座就强调。

我问起他对非营利组织的看法，他提起洛杉矶的社区议会，这是市议会下属的基层政体，由当地教会、法人代表、慈善组织和物业持有者构成，基本不会有租户代表。且社区议会主席往往在市议会拥有席位，也常是各非营利机构的顾问。

"非营利机构成了既得利益集团，他们应当改变体制，现在却成了体制的一部分。"

保罗出生于美国中西部的南达科他州，在明尼苏达念的大学，他说自己"真正激进起来"，是来洛杉矶工作之后。

"这是一个你很难不激进的地方。你看到好莱坞的光鲜，又看到 Skid Row 的流浪汉问题永远得不到解决！"他说着，会心一笑。我感到他已将我视为同类。

两天之后，我来到这七栋公寓楼，参加互助小组的每周例会。租户们搬出自家的凳子，聚拢在一条巷子里。七栋楼除一栋四层高外，其他都是两层高的房屋，多是三个家庭共享一个单元，每户家庭分担五百美元的月租金。目前还有 50 个家庭没有找到新居，但来开会的不足 10 家。巷子深处有个歪斜的篮球架，旁边是满溢的垃圾桶，几栋楼的窗户上都贴有不同的抵制标语，其中有"不要让我的孩子无家可归"。有位穿特大号篮球衫的非裔大叔，见我是新面孔，赶紧跟我大吐苦水。他叫史蒂芬，常年无业，爱

占小便宜，整条街的人都知道。这个形象很符合美国人憎恶的"寄生虫"。但是，这条街除两条"寄生虫"外，其他人都是普通的劳工阶层——保姆、街头小贩、停车场或建筑工地的临时工，其中不乏单身母亲。拉美裔的第一代移民多不会英语，所以开会时，有同步的西班牙语翻译。除史蒂芬外，其他租户都在一旁沉默着，表情凝重。

我问他们分别住了多久，全部在十五年以上。

"那些学生只会在这里待四年，他们根本不在乎附近的社区，不在乎多少人因为要腾出地方给他们住而变成流浪汉。"一位非裔大婶说。

他们也告诉我，那栋四层楼因为电梯坏了多年没人维修，住顶楼的残疾人已经很多年没下过楼了。

这条街毗邻 2015 年新建成的轻轨线，大家时不时被列车的轰鸣声打断。其实互助小组能做的事非常有限，因为新业主驱逐租户完全合法，他们只能带领租户去韩裔富商的公司和住家前抗议，想借助舆论制造一些道德压力，为租户争取一笔微薄的补助金，南加大校报等媒体的报道，也是他们联系的。保罗说："我们希望更多人看见，富商的行为虽合法，但不义。"

"最初这个新业主连定金都不退。"保罗补充道。经过半年多的努力，现在互助小组争取到每个单元五千美元的补助，分到每户家庭约一千六。

会议尾声，保罗告诉居民，这应该是可以争得的最好结果了。八月底是大楼拆建的最后期限，希望大家还是尽快找地方，互助

小组可以帮忙。他说完这些，我以为我会听到叹息声，但是没有，所有人几乎是在同一瞬间耷拉下肩膀，一种无奈的接受，而后他们缓缓起身，把自家的凳子搬回去，一切都是无言的，人和暮色。没多久，隆隆的轻轨列车又开来了。

开会期间有三个十六七岁的非裔少年，似乎是从隔壁巷子出来的，赤裸上身，很精壮，他们把自行车刹在巷口，齐刷刷地望向我这张亚洲面孔。

"她是谁？"看起来年龄最大的男孩问，口气很恶。

"她不是韩国人，她是中国人。"保罗代我回答。

他们又张望了一会儿，才把车骑走。

这不是一个开玩笑的时候，不然我会说，就在几天之前我也被认作韩国人，当时韩国队在世界杯里打败了德国队，同一小组的墨西哥队成了最大赢家。那一天，兴奋的墨西哥人想拥抱见到的每一个韩国人。

3. 未来之城

我见过你们人类绝对不会相信的事……但所有这些，终将随时间消逝，就像泪水消失在雨水中一样。

——《银翼杀手》

当我在圣文森特天主教堂遇到自 1984 年起就在此侍奉的托尼修士时，他对我说的第一句话是："在过去，西亚当斯区（南加大

毗邻的社区）就是比弗利山庄。"

圣文森特教堂是整个中南区最宏伟的建筑，恐怕没有之一，由高耸入云的塔楼和圆顶的主礼堂构成，层层雕饰，巧夺天工。主礼堂可容纳两千人，两侧是圣母主题的彩绘玻璃窗，礼拜时，镶金的祭坛被点亮，光彩夺目。

托尼修士问我有没有去过南加大历史最悠久的图书馆：多汉尼纪念图书馆。

"有，我喜欢那里。"我说。

"这座教堂也是这位多汉尼捐钱造的。"托尼修士说。

2008 年的美国电影《血色将至》讲述了 19 世纪末的一位石油大亨白手起家的故事。这个由丹尼尔·戴－刘易斯主演的主人公雏形就是托尼修士口中的爱德华·多汉尼。电影和真实人物已大相径庭，但还可窥见蛛丝马迹，多汉尼是爱尔兰后裔，干过测量员、贩过马，也挖过金矿，是在洛杉矶偶遇运沥青的马车时，他判断附近有石油主矿脉，后果然发现原油。

电影中有一幕是多汉尼的油田发生爆炸，致使他的独子双耳失聪，这很像他人生的缩影。现实中，多汉尼因不满大型石油公司垄断，自己动脑筋找下家，他劝圣菲铁路公司改用原油做燃料，但在试验时引起爆炸，差点断送买卖。多汉尼也确有个独子叫奈德，他没有失聪，而是死于谋杀——其根源是多汉尼染指的"茶壶山贿赂丑闻"。

20 世纪初的西亚当斯是白人权贵的社区，这里有著名的切斯特庄园群，多汉尼买下其中的大部分宅邸，南加大的时任校长租

住的就是他的豪宅，奈德也毕业于南加大数学系。丧子之后，多汉尼心灰意冷，不仅卖掉石油公司，还捐了大量钱款给教堂和大学。

中南区的状况在 20 世纪 50—60 年代发生剧变。林肯签订政令解放黑奴后，虽有大批黑人从美国南方来到洛杉矶寻找新生活，但现实中种族隔离的状况依旧，全城只有沃茨（Watts）一个区允许黑人居住。1948 年，法庭宣判该房限制无效，黑人开始向中南区迁移，引发"白人大逃亡"，此后，白人多住在洛杉矶西区以及近郊，中南区成了非裔和随后到来的拉美裔移民的聚集地。

南加大历史上至少动过两次迁校的念头，一次是白人大迁徙的 50 年代，校方曾考虑搬到橘子郡，后决定留下，并开始第一轮"扩张"；第二次动迁校之心是在腥风血雨的 80 年代。托尼神父告诉我，如今大学附近比较安全，但 1980 至 1990 年间是真乱，教堂每两个月要给黑帮头目办一次葬礼——南加大以此要挟时任市长汤姆·布莱德利："如果不整治黑帮，我们就离开洛杉矶。"这所大学长期是全城最大的雇主，布莱德利当然不容许金主挪位，于是向警方施压。90 年代中期之前的洛杉矶警署臭名昭著，对中南区居民而言他们是另一个黑帮，合法的黑帮。所有种族积怨都在 1992 年的"洛杉矶骚乱"中大爆发。

事件起因是三名白人警察和一名拉美裔警察涉嫌殴打交通违规的黑人司机罗德尼·金，过程刚好被附近居民拍下，在全美多家电视台播放，4 月 29 日，四名执法人员被法庭认定无罪，引起大规模抗议。

暴动的主要发生地就是中南区，托尼修士指着教堂对面的加油站为我描述当时的情景："我们眼看着暴徒冲向那里，砸玻璃，烧汽车，黑烟滚滚，教堂已经做好准备，我们想，如果他们要进来，也只能放他们进来。但是最后暴徒到了门口，没有进来。"

骚乱中，南加大拿出的是应对大地震的方案，当时正值期末考试，校方宣布所有考试暂停，由校警护送学生回家，校门关闭，最后学校的损失是：一扇破损的沿街玻璃窗。

但我仍有疑问，20世纪80—90年代这么乱，南加大的学生是如何平安度过的？

我找到了在南加大任教逾30年的文学教授托马斯·古斯塔法。他有门课叫"洛杉矶：城市，小说，电影"，选修的学生须完成"寻宝之旅"，可在南加大周边社区和洛杉矶市中心二选一。以南加大为例，共有40项任务，比如回答多汉尼涉及的丑闻是哪一桩，去博物馆看"成为洛杉矶"的专题展等。

"就像你现在在做的事情。"他告诉我。

不知是不是面对着中国人，古斯塔法教授喜欢谈论"政治正确"："你会看到很多矛盾，但我们在吸取教训，1992年后，洛杉矶警署大换血，增加少数族裔警员的占比。我们仍有这个理想，至少我个人相信：这是一座不同文化、不同种族、不同阶层的人都可以安居乐业的城市。"

我问起80—90年代的南加大——当时附近的治安如此糟糕，没这些门禁，学生安全吗？

古斯塔法教授指着教学大纲上的寻宝游戏，笑了笑："我来这

儿的第一年就开始教这门课，一直有这项作业。80—90年代学生都可以独自去周围社区和市中心完成这些探险，反倒是最近十年我的学生反复在问'安全吗'。有学生说，我打电话给我妈，她说这周边很乱，不要乱走。"

"据我所知，学生很安全，"片刻后，他接着说，"一方面，南加大一直有校园警察；另一方面，学生从不是周边黑帮的目标。"

现在的南加大生活区于去年夏天落成，虽然学校一直否认是"扩张"之举，但无论从建筑风格，还是从命名上（过去叫University Village，现在叫 USC Village）都与主校区一脉相承。整个园区很像上海的新天地或田子坊，伪哥特式红砖宿舍楼，一楼清一色商铺，你看不到赛百味或麦当劳，而是星巴克，琳琅满目的甜品店，各国料理，两家高口碑的大型超市 Trader Joe's 和 Target，亚马逊的自动提货点，美甲花园，潜水俱乐部，A&F 已买下三个铺面正在装修。

我查到过去的生活区不是这样，处于中央位置的超市因为东西比佛蒙特大道上的拉尔夫卖场更便宜，周边居民都拥到这里来买东西，有电影院，有修自行车的铺子。而如今，我去校园周边转悠时不止一次听到拉美裔居民说，只要离校区近了一点，校警或安保就会盘问他们来这里做什么。《洛杉矶周刊》也有过类似报道。

古斯塔法教授没有照片，他说："走，我们去看看90年代。"我们来到正对生活区的校门，他比画着，告诉我原来店铺的位置。

"过去，学校往南的 40～70 街都没有影院，所以南洛杉矶的

居民都来这儿看电影。一到周五晚上，就看到不同肤色的家庭，你就会感叹，啊，周末到了。"

我不清楚这里面掺杂着多少怀旧情绪，也很奇怪他似乎不愿跨出校门的这道边界，他告诉我：因为太厌恶这个购物广场，建成之后，一次也没有去过。

他转身，带我去学校东边的 Mercado La Paloma，是个类似"大食代"的餐厅总汇，全是私人小吃店和日用品小铺，墙上挂有社区活动的公告。

"你问我过去的大学生活区是怎样的，我想说就是这个样子，没有统一风格，简简单单，东西实惠，全是居民自营。"

或许因为是老耶鲁人，古斯塔法教授喜欢拿耶鲁和南加大做比较。

"耶鲁的楼以杰出校友命名，南加大的楼以捐赠者命名。"

回到校园，在食堂大楼（里面进驻五家连锁餐厅）前，他停下脚步，要我数捐赠者的名字出现了几次。

这位捐赠者叫都夺，仅在迎向广场的这一侧，他的大名就出现了四次。

"他不仅捐钱，因为他开工程公司，所以这些楼是他自家的工程队造的……"

"这也可以？"我很惊讶。

"耶鲁和哈佛是清教徒创办的，最初的使命是培养牧师，所以重视文化传承。但南加大的校长喜欢说，耶鲁和哈佛是面向过去的大学，南加大是环太平洋的未来大学，所以我们非常重视中国

和韩国留学生。"古斯塔法教授说。

"学校也以此谋利啊。"我说。我想到之前看到的数据，南加大是全美罕见的研究生数量大大高于本科生的院校，以2017年新生为例，本科生19000人，研究生26500人，其中国际学生占比已达24.9%，中国学生数量最多。

古斯塔法教授没有回答，而是婉转地说："加州的经济，以前是娱乐业和飞机制造业，如今娱乐业依然重要，但我觉得最核心的支柱大家都很少提，是房地产。"

去年《洛杉矶周刊》曾评论道："有两个南加大，一个是学术研究重镇，另一个是房地产开发商。"西亚当斯的居民不乏阴谋论地告诉我："但凡一个物业挂牌出售，南加大是最先来接洽的，他们希望把这一块全吞掉。"托尼修士也半开玩笑地对我说："你知道吗？南加大在这周边到处持有物业，所以说扩张就能扩张。"

在和古斯塔法教授告别前，他忽然问："十年二十年后这里会变成什么样？"我还在寻思如何作答，才发现他只是自言自语："这个未来好还是不好，就看各人的标准了。"

在洛杉矶中南区的这些日子，"未来"这个词频繁出现。打从看到南加大的铁栅，我就想到H.G.威尔斯《时间机器》里的未来世界：人类分化成两种截然不同的生物：白皙柔弱的埃洛伊人和黝黑丑陋的莫洛克人，前者生活在奢华宫殿里，衣食无忧；后者在阴湿的地下世界终日劳作。不过，埃洛伊人怀着对莫洛克人的深深恐惧，因为后者以捕食前者为生。

在我仍去上暑课的时候，某日和来自加州尔湾的同学爱默生

聊天，他学编程，最大的理想是去硅谷给那些大公司打工：苹果、谷歌、英特尔……

问起为什么，他说："因为他们的园区什么都有，健身房、商场、公园、餐厅，你都不用出去。"

是的，苹果的新总部怕未来加州不再下雨，还设置了中央降雨系统。不知他听说过吗？这个新园区刚落成的三天内，因为玻璃幕墙的清晰度太高，一连数名员工都一头撞上去，严重者头破血流，打电话叫救护车，救护车来了后找不到这座飞碟状巨型建筑的大门。

我什么都没说，心想他大概很喜欢这个簇新的生活区。

我有三位朋友住在西好莱坞，得知我对洛杉矶的满肚皮牢骚，她们都说："来我这儿，西区很好，安全，没有流浪汉，还有很多好吃的。南加大附近是不行，我从来不去。"

我始终没有去好莱坞，没有去所谓的"好区"，并誓言以后再不踏足这座城，但恐怕这也只是我的惺惺作态。薄暮时分，坐在生活区的喷泉广场，我瞥见钟楼上有两只鸽子在交配，就连它们也找到了宜居的新家？我知道，不用几小时，就是铁栅拉上的时刻，或许对大多数人而言，铁栅内外的隔绝是无法改变的事实，重要的是在闸门关闭之前，赶紧成为铁栅之内的人。

关于批评，以及视角

亲爱的人：

本来不想写这封信，但我不希望自己成为曾经的好友对话之间的一个黑洞。

上周一我的课结束，班上一个中国留学生找我聊了聊他的感受，我很感激这个优秀的学生，他的感受也是很多读者的感受：

医疗是很多国家的问题，不能用此来批评中国的体制。

我同意他的出发点，这才是我期待看到的批评，中肯的批评。我也告诉他我写批评时一贯的态度，我从来都是拿某个地方的某个问题作为例子，去探讨普遍存在的问题。多位美国读者来信说：这虽然是你的中国故事，但是你或许也能感知，美国的故事没有好到哪里去。来自非洲和南亚的移民朋友告诉我：你的故事是我

们曾经的故事，我们第一代移民都是学技术的，为了谋生。作家工作坊里的韩裔同学说她把文章转给她母亲，说：你看，这是韩国的故事。

我感兴趣的是这里边与逻辑有关的层面，因为类似的批评意见我在写洛杉矶的故事时遭遇过。当我拿南加大和周边社区的强烈差异来抛出关于所谓好小区和坏小区之间的矛盾与隔离的问题时，也遭遇在洛杉矶工作和生活的华人读者的强烈反感，他们认为：好小区和坏小区在美国每个大城市都有，不能用此来批评洛杉矶。

洛杉矶较少牵涉民族情绪，或许可以拿这个来进行讨论。我对我的样本发生兴趣，是因为我从这里同时看到其特定的问题和普遍的问题，好小区和坏小区的分野美国的每座大城市都有，然而呈现方式是不同的。洛杉矶，尤其是中南区，这种矛盾呈现得非常明显——门禁、围栏、贫穷租户遭遇警察的盘问和驱逐，且我常质疑这里潜在的道德评判词，"好"和"坏"。在更大层面，因为洛杉矶城区范围不断扩大，每个居住小区都成了各个阶层和种族的聚集地，加上这座大城市特有的车文化，让这座城不同小区之间相对缺少交往的通渠。

我采访南加大的一位教授时，他谈到他的感受：洛杉矶被叫作"大熔炉"（melting pot），这个提法不对，因为我们从来没有"熔合"。

文章带着我的情绪、观察和立场，同样的观察结果会因为写作人的不同得到另一种呈现样式，比如：

因为洛杉矶允许不同族裔的社区存在，所以这些族裔可以很好地保留自己的文化，说自己的语言，有非常正宗的地方菜，而且这样让他们有安全感，整体看来洛杉矶也非常多元。这个大胆的"去中心"、建立在社区基础上的城市规划令人佩服其初衷，他们反对的就是以伦敦、巴黎为范本的欧洲中心主义，所以这座城也是世界上独一无二的。

谁是片面的？我想我们都是片面的。但是后者因为是正面的称颂而非负面的批评，所以作者或许会面对更少的质疑和批评。

那作为作者，是不是更好的呈现方式是"各打八十大板"？这也是见仁见智，现在的我，不会选择这种写作方法，因为没有力量，说了等于白说；我也不会选择以"冷静客观"的外壳包裹的学术写作，因为那往往嚼之无味；更因为，就洛杉矶的例子而言，我并不认同后面这种感受。

这里面有一个个不同层面的问题。后一个层面是，通常人们会认为非虚构是客观的，但恰恰相反，非虚构往往带着强烈的主观情感，而且，这种情感里暗藏着偏见。而英语写作非常强化POV（Point of View）[1]，强调是谁在说话，在什么背景、处境中说话，而这个人，有着他天然的局限和偏见，从来不是说，这个人的意见是完全正确的——没有人的意见是完全正确的。

第一年来美国的时候采访玛里琳·鲁宾逊，我请美国同学帮我看问题列表，他们马上发现了一个文化差异。我的提问方式是

---

[1]　一种写作手法，即"视点人物写作手法"。

把鲁宾逊当成一个权威人士，抛给她很多大问题，而美国的采访方式则是针对对方的作品和领域提出和她切身相关的小问题，最后同学建议我加上注脚："我知道这些问题很大，你不一定都能回答，但是我会愿意看到你给出的任何答复。"

　　最近在给"三明治"[1]上小说课，也碰到类似的情形。学员会拿很多书来问我的看法，我完全理解，也愿意分享我的看法，学员会因我的看法与其相合与否而高兴或沮丧，我当然受宠若惊，但是我的看法根本不重要，因为这些观点也不可避免地带着我的喜好和局限。我非常喜欢去年上系主任 Sam 的工作坊课的时光，因为 Sam 非常开放，所以大家讨论某个作品时，如果她讲出了某项批评意见，会有同学说：我不同意，然后陈列观点。或许因为我们的社会主要由单一民族构成，大家或多或少过着一种差异性不大的生活（其实我觉得很大），我们会更在乎那个"同意"或"不同意"的结果，并被这个结果的异同而触怒；并且，我们很多时候会有一种幻觉，觉得我的经验对你而言是正确的，而且是适用的，所以我们以"为你好"的名义肆意僭越对方的个体边界。而当别人没有听取自己的意见，且不幸遭遇了不好的结果时，我们就会笑话说："不听老人言，吃亏在眼前。"有时候，我们想不到，听了老人言，可能一样吃亏。

　　在一个多元的社会，我们预先设定了彼此是完全不同的个体，所以这个"同意"或者"不同意"不完全重要，重要的是后

1　中国三明治（China30s），一个专注于普通人的非虚构写作孵化平台。

面的那个"因为"。类似的，美国人给建议很少用"你应该"（You should），更多用"如果是我，我会"（I would），因为我的意见对你可能不适用。

昨晚，昆山"龙哥"事件的宣判结果大快人心，但我更想说的是，我希望这种大快人心不是单纯因为审判结果符合我们的预期（我们心中认定的那个"正义"），而是因为我们细心读到了昆山警方给出的宣判依据，是那个有理有据的司法解释让我看到了"正义"。

接下来的一个层面是：我不宽容任何合理化共性化问题的"借口"。还是用洛杉矶的故事，当我跟一位洛杉矶朋友（美籍华裔）私下聊我的不喜欢时，他说："去芝加哥，那里的种族隔离更严重！"

他没有真在芝加哥做过研究，但或许为自己的国家和城市辩护是很多人的本能，我把芝加哥的非裔郊区列上了自己的研究名单（如还有机会，我正好在灰狗[1]上遇到了一个住在芝加哥郊区，早年因枪支而犯事的非裔小哥）。但与此同时，我不接受因为种族隔离普遍存在就可以将洛杉矶的种族隔离，或者更重要的，将所有的种族隔离合理化。

扯远一些，我们或许都发现了我们对于美国的微妙态度，当我们说"医疗、教育、治安这些问题，美国也没好到哪里去"的时候，或许是我敏感，我听到两种潜台词：一、你看人家美国也

1　灰狗巴士，是美国跨城市的长途商营巴士，客运于美国与加拿大之间。

没解决，我们当然也解决不了；二、这些问题就是人类社会的永恒难题，解决不了的。前者将美国视作范本，这个范本太过狭隘；后者或许是真实的，但是——这也仅仅是我带着天真的观点——我们需要去重视这些问题，让更广大的人群受益。我们在这条路上努力前行，还是听之任之，我们需要清楚。

是从洛杉矶回来之后，我开始喜欢艾奥瓦城——这座城市有其特别宜居的地方，我的老师喜欢说，艾奥瓦城最有钱的人仍然是医生。因为是座很小的大学城，贫富差距不大，治安较好，也因为人少，医疗、教育等公共资源相对比较公平，人也比较善良温和——这是我先前大城市的骄矜和自大妨碍我看到的。中国改革开放后，李光耀总统很担心新加坡的华人会返回故土居住，他就先禁止大家访华，自己来中国转了一圈，回去后，他欢天喜地地鼓励新加坡居民来华旅行——因为当时的中国看起来仍然破敝。但我相信，那些匆匆一瞥的旅客可能感受不到当时的国人对未来、对生活的美好憧憬。我之前采访过的一位作家谈到80年代的中国，说："那时候在食堂打饭，我们绝对不会谈吃了什么东西，我们谈的都是文学、诗歌、哲学、思想，吃了什么，没人记得，也没人在乎。"

——我不认同现今的消费主义，更不认同消费主义带来的骄矜和自大。

还有一个层面，这也是如果我继续用英语写作，我需要面对的恒久性问题，如何书写中国？

这两天，我又想起几年前采访几位盲人朋友的往事。当时《推

拿》刚上映，我和他们聊起时发现：他们多半不喜欢。有位盲人朋友对我说："我不喜欢那个旁白，苦大仇深，也不喜欢他（导演）聚焦于盲人的欲望——我们不都是这样的。"

我告诉他，这是娄烨导演的一贯风格，并不针对盲人。

他回答说："因为现在体现盲人生活的作品太少，这个作品一出来，就成了代表作，然后大家就觉得盲人的生活都是如此。如果能够有更多盲人题材的作品，这个电影本身没什么问题。"

这也是我想说的，我的批评不针对任何地域，是为了看到这背后的困境，带着我的一贯风格，我也会用同样的力度批评美国的问题——我会有英语长文谈洛杉矶——但是，重要的不是某个人在海外称赞还是批评中国／美国，因为这不会实现或者粉碎你个人的中国梦／美国梦，重要的是这背后的普遍性问题和困境（universal problem ／ dilemma）。不过，往后如果写的是中国，我会在字词和口吻的选择方面更慎重——在这方面我得到了很多重要意见，我想这是在这个半意外的事件后得到的最珍贵的东西。

昨天去见了我的翻译老师 Aron，他是一贯为我答疑解惑的恩师，我请他指导我如何才能掌握文章的口吻（tone），他再次给了我启迪。末了，他说：你写文章，如果只是在那些与你意见相同的人之间流转，没有太大意义，就是要让那些和你意见相左的人看到，他们会反对，甚至恶言相向，那才有可能引起些微的改变——这种改变如果发生，不是要把彼此变成一样的人，而是能够引起更多的理解和反思，这是双向的。

去年大选之后，我在原本寄予厚望的年轻一代身上看到更激

进的民族主义和国家主义倾向后，非常痛心，也陷入和很多朋友的论争，最后引向了人身攻击。那个大雪天，加拿大鹅在窗外的天空上排成"人"字南飞，我在给 C 打电话，是他最后开解了我："当别人跟你说话的时候，他们不是在陈列他们的观点，他们在陈述他们的痛苦。"其实，我何尝不是呢？我也用这话来理解往后所有的评论，谩骂和批评都没关系，对我的朋友而言，不用因为站队不同而有不悦。这句话我们都听过，但做起来很难，我尽力尝试：你可以不同意我的意见，但我誓死捍卫你说话（骂我）的权利。

我们都知道，人与人之间的感情难以共通。我早年的小说集出版后，张宪光老师就在说："像你书里这样的生活，恐怕往后在上海找不到了。"我说，仍然找得到，外来务工人员的子女，穷人的孩子仍旧过这样的生活，但是，其他人看不到了。如今想来，看不到之后还有更可怕的结果，一旦说出，别人会怒斥"不真实"，因为他们已经失去了对这部分生活的理解力。

去接纳别人的不同很难，希望我们都愿意努力。

是我。

什么样的人才是好人

亲爱的人：

我想你知道的，在中文语境里，我向来很厌恶"好人"这个词。

这其中有两个缘由。一来，就性别角度而言，"好人"意味着性未完全绽放的人，或者说是中性人。女生用发"好人卡"的方式拒绝男生多半就是这个意思，她跟这个男生在一起，无法感觉对方的性别——我跟你提起过这些尴尬的往事。虽然弗洛伊德在西方久被诟病，但我很同意这层意思：性的完全绽放是一个人全面走向成熟和独立的标志，可惜，在华人地区（如果孙隆基先生20世纪80年代对港台和海外华人社群的观察如今依然），错过这个关键成长期，结果长成终身没有性别标志的"好人"到处都

是——他们老实，或是暖男，或是乖乖女，或是妈宝，却没有任何性别魅力可言。

二来，好人还常常和"乡愿"掺和在一起，也即所谓的"老好人"，看似谁都不得罪，或者谁都说他好，实际上全无道德操守。孔子曾经说过：乡愿，德之贼也。可是，在我们的文化里，乡愿在当代正经历诡谲的变异，好似已成为情商高的证明，甚至人人都巴不得八面玲珑、大小通吃，以"好人"的名目欺世盗名，成为所谓的"人生赢家"。

而好人之所以能欺世盗名，是因为"好"这个词缺乏独立的道德标准。我第一次读《菊与刀》是在中学时期，当时只是作为了解日本文化的通衢，来到美国后重读，却发现从中也可以窥见中国文化的影子——或许称呼东亚文化为宜。那就是这个"好"，就好比"耻感文化"，往往是以群体的价值取向为标准的。H曾给我讲过一次他对白人劳工阶层和流浪汉的观察，他们很优悠，没有戾气，对"白人垃圾"的封号也似乎并不在意。我很难描述H讲这些的表情，他仿佛是看到了新的族类，他们没有身为穷人的羞耻感，也没有需要向路边"恩公"求乞的谄媚面相，每天在那里，似乎一切都坦坦荡荡。后来，我也有了类似的观察，我在想，这不知是否与"罪感文化"和"耻感文化"的差异有关？"罪感"存在于个人和上帝之间，我没有犯罪，我不需要感到羞耻。"耻感"却取决于他人的目光，如果我不合群，我会感到自己有什么地方不对，我会感到羞耻。很多时候，我觉得这个"好"字亦如此，由集体评判，常常与仁慈的真理相背。

想起早前在定海桥试验写作班，从栾奶奶的口中一再听到"好人"这个词，才幡然悟出"好人"应该具备的品质。

栾奶奶的一生比较波折，最早被安排去新疆插队，她不答应，遂沦为"社会青年"，而后又被分配到安徽，等到改革开放后回来，因之前的种种原因，户口回不来，等到1988年新政，户口虽然顺利回沪，但社保问题至今还未得到解决。有一天，我们聊到老上海的衣食住，多是老虎脚爪、梨膏糖、拉洋片、汏浴的琐事，不过我数了数，她一共提到了三个好人：第一个是十七厂（纺织厂）一位看澡堂的门卫，栾奶奶回沪后，没有工作，没有社保，她灵机一动，混到十七厂汏浴间洗澡，好节约点水费，多数门卫是要说话的，唯独这位门卫不响，虽然她一眼就能看出栾奶奶是浑水摸鱼的；第二个是一位住在定海桥周边的爷叔，知晓她的情况，同情她，介绍她去一所小学做勤杂工，栾奶奶没有户口，也没有档案，当时属于"黑工"，幸而得到领导的宽容，做了两年，到后来学校换了新领导，新领导不想惹是生非，就要她"回家"了——栾奶奶感激那位不怕麻烦愿意为她说情的爷叔，也感谢睁一眼闭一眼的学校前领导；第三位好人是吴奶奶，93岁了，退休后一直做居委会工作，那天也来和我们拉家常，在场的老人家都直说吴奶奶是好人，但一下说不出具体的事，或者是实在有太多可讲，一时不知从何说起。正巧我们聊到栾奶奶曾因为生计所迫在街口摆摊卖油墩子的事情，栾奶奶提起当时有不少地痞流氓来欺负自己，全亏吴奶奶仗义相助，把他们赶跑了。

当然，栾奶奶口中也有坏人，坏人是当时要来没收栾奶奶油

墩子摊位的警察。栾奶奶说他眼神很恶，说话也狠，念叨栾奶奶是乡下人，要她回乡下去，问她来上海做什么，还把她的锅具全部收走，死求活求也没用。我们固然知道，这位警察一定也是上头命令压下来，依法办事，可是，对当时已落魄到一贫如洗境地的栾奶奶，他没有网开一面的勇气，因而他在栾奶奶眼里，十足是平庸的恶人。

电影里常常会有这样的情境，譬如《新警察故事》，成龙和谢霆锋饰演的正义警察（虽然谢霆锋饰演的那位是假警察）因为违法，被关押在看守所，然而此刻成龙这一角色的妻子则被变态杀人犯挟持，绑上炸弹，性命危在旦夕。成龙和谢霆锋饰演的两个警察急于出来，但又毫无办法。电影感人的一幕发生了（虽然已多次被模仿，或者这一幕也源自模仿）：看守的警员假装不小心把钥匙掉在地上，两个警察顺利逃出来后迎面撞到了警司和下面的警员，所有人愣了一下，假装没有看到这两个越狱的英雄。如此，影片才能迎来重整乾坤的大团圆结局。

电影自然是夸张，但仔细想来，每个人的人生中都会遇见这样的关卡，自己的一个行为甚至一句话可以影响另一个人的命运，要么放他一条生路，要么落井下石，而很多时候自己的决定是需要付出代价的，有的是拿自己的前程做赌注，这个时候到底利己还是利人才是考验一个人的关键时刻。

张新颖老师的《此生》里写过一位爱喝酒的施老爷子，一直喝酒喝到人生的终点。他感谢酒，因为年轻时碰上土改，村里领导一定要他枪毙一个"恶霸"，"他没办法，就先灌了自己满满一

瓶高粱酒，然后摇摇晃晃地端起枪，哆哆嗦嗦扣响了，结果一枪打到了一棵歪脖子树上。干部一看，这哪行，就把他换了下来"。

施老爷子的临终遗言是：这辈子多亏有了酒。要是没酒，我年轻的时候就欠下了一条人命。

北大哲学系的李猛在接受澎湃新闻采访时说："人文教育要让学生明白，做一个好人难且值得。"如果这里的"好人"是指不随波逐流，心里自有一杆尺的人，那么，这确实是"难且值得"的。

是我。

"华人"的意味

亲爱的人：

今天算是正式毕业后的首个周一，因桌上摆着同学贺我毕业的鲜花而心情敞亮，虽然不知道这种明朗的心情能持续多久。

上周，因为毕业典礼的缘故，同学的家人都来到了这座小城。华裔诗人 S 邀我和她的母亲、阿姨共进晚餐。此前，S 就几次三番告诉过我，她的妈妈非常 Chinese。"她现在还看中文报纸——《人民日报》——看中国的电视剧。"我则跟 S 开玩笑："那我尽量不表现出不 Chinese 的一面。"

几乎是坐进餐厅的那一刻，我就开始懂得 S 每次提到她母亲时表情的含义，S 出生和成长在纽约，她母亲点餐时会确认每一个细节都符合她的预期（在艾奥瓦待久了的我们早已不拘小节，

因为反正点什么都不会好吃）。我们在工作坊从不提自己本科是在哪里读，读什么，也是在那餐饭上，我才知晓S的本科是哈佛，同时她还握有另一所全球最著名音乐学府的学位，她的母亲乐滋滋地分享"育儿经"：自S三岁起，就请最好的老师教她钢琴，每年带她去欧洲音乐节（不是交钱就可以去的那种，需要经过选拔，因音乐节的目的是请全球顶尖的钢琴家亲自给最具天赋的琴童授课）。谈到之后的打算，S也拿到了第三年教职，但她的母亲说："我只想让她在这里再待半年，之后我要她回纽约找工作。艾奥瓦毕竟只是美国中西部的小城，纽约才是中心。在这里待久了，外面发生什么都不知道了。"

那一整晚，我都在思考"华人"（Chinese）的定义。在S的母亲身上我看到一些自来到这座小城后就很少看到的东西。她自己早年也是国内名校的中文系毕业，当她问及我的本科院校，我感到是我的回答让我们之间有了平等对话的可能；而后，当我们触及了一些思想性的话题，作为肯定，她会对S说："你要多和Jianan聊天，她看问题很敏锐。"

说实话，我们的交谈非常愉快，从文学聊到电影，再到文化现象，与其说她非常Chinese，不如说她非常睿智，也非常成功。可是，这种"成功"不知为何却让我有一点说不清道不明的感觉。

第二天，作为那晚对话的延续，我把陈冲导演的处女作《天浴》找来看。电影未在国内上映，讲一个成都女孩文秀（李小璐饰）下放到藏区牧马。文秀15岁，跟着一个因事故而失去性能力的中年藏族男人老金。牛羊逐水草而徙，也就意味着文秀和老金

也必须如此，老金疼惜文秀，因她爱洗澡，他就给她搭了个露天的澡池。然而，文秀和所有城里的姑娘一样，心里唯一的念头就是回到成都——"在这里过的是什么日子呀？"

影片的转折始自一位办公室官员的来访。他告诉文秀，下面的女知青都在动脑筋回城，他问她"在上头有没有关系"，文秀说没有，于是他就以自己能帮忙为由，塞给她一个苹果，要走了她的初夜。文秀对这人是喜欢的，天天盼他来，可等来的却是办公室里的另一个男人，一个大腹便便，曾在放露天电影时占过她便宜的中年人，他也带来了一个苹果……就这样，办公室里的所有男人都摸来了。

老金指责文秀在"卖"，文秀却用一半天真一半世故的口吻说："你懂什么？我爸妈都是平头老百姓，要回城，我只能靠自己想办法。我已经晚了，下面的女知青早就在找关系了。我又不能跟这个睡了，不跟那个睡，不睡他们就来堵你的路。"

我无须透露故事的后续，我们已经有足够的预感，文秀的命运不会好。

或许是那天晚餐的缘故，电影给我留下最深的印象是文秀对老金的责难。"老金，你这辈子啥都没有！""老金，人家在跟你说话呢，你怎么都不搭理人？""难道像你这样啊？成天跟牛马过日子？"

我的朋友都知道我对"成功"这个词的厌恶。因为"成功"在当代中国的语境里有一种太过狭窄的定义——所谓的世俗成功，有名有钱，或有权有势（或许是古意就如此，功成名就）。也正

因为我们大多数人都追求这种相对单一的主流价值观，我们社会所有的一切都被划分等级，学校有名校和野鸡大学，人脉是润滑剂——有必须讨好的人，也有可以怠慢的人，城市有一二三四线之分。为了"赢"，家长从小就教我们要"懂得做人"，很像文秀说的，如得罪了人，他们就来堵你的路。

而游离在这种价值观以外的人，譬如老金，即便他在那个特殊的年代享有"相对的自由"，人们还是会认为：我们万不能学他，他是边缘人，是失败者，是戆大[1]。

"边缘人"也是个有趣的概念。"纽约"是美国的中心似乎是华人或纽约人的提法，我的老师查理（长于西雅图，大学就读于波士顿，现定居艾奥瓦）有次说："美国有意思的地方是这个国家没有中心。"一个支持他的例证（虽然戳中了自由派的痛脚）是这个国家选出了特朗普。在艾奥瓦，我见到的多数当地人从不巴望去外面，有回和一位当地的护士朋友一起去银行大楼的顶层，只有六楼，却是那一区最高的建筑，我站在落地窗边俯瞰小城，她说她不能靠近，因为恐高。但凡我要飞去其他地方，她会说："我已经不记得上一次坐飞机是什么时候。"而这个在我眼里一无所有的州，是美国去年票选出的最宜居的地方。

不知道是因为中国，因为上海，还是因为我自己，我无法适应和欣赏这座小城的生活，反复的自省也全无用处。跟朋友聊起这之间的价值观差异，朋友会指出这源于国内资源的匮乏和高

---

1 吴语方言，傻瓜的意思。

度集中。然而，比我更年轻的一代，资源已不再匮乏，家长和孩子却比我这代人更辛苦，更着急成为全球舞台上的赢家，这里的赢，多数仍是"世俗意义"上的。

我们自然可以说，美国东海岸的精英家庭也用同样的方式养育后代，这有多大程度是中国所独有的问题？我可以被指为站着说话不腰疼，我甚至不能否认"世俗成功"仍在对我产生作用。

但是，也正因为总想着"赢"，就更频繁地裹挟在"输"的现实和危机感之中，每天都在输，永远都在输。另一个我们不太提起的问题是：赢了又怎么样呢？

有个年长的朋友跟我说，在过去，只有很有限的人才能被认作是优秀的，如今，人人都优秀。这就像一个有关俄罗斯学校和美国学校奖赏孩子的笑话，俄罗斯的小学只给表现最好的孩子发糖，让一个孩子笑，其他孩子哭，美国人听了说："这在我们国家是违法的，我们给所有参与的孩子都发糖。"中国无疑更接近俄罗斯，而两种赏罚方式各有利弊，可我越来越担心前者植给我们的潜意识："成功"的愉悦并非来自努力表现出最佳状态，而是来自其他人被自己比下去的优越感；而我也看到，创造机会给所有参与者，并不意味着观众就看不到最努力和最具天赋的人。

上周去见翻译系的主任 Aron，他问我：如果现在给你 100 万美元，让你留在这个国家，你会做什么？我想了，答了，就明白自己真正应当做的事情。然后他说，我希望你每次感到迷失的时候就问自己这个问题。

真正的难或许不是取得世俗意义的成功，而是按照自己想要

的方式生活。阿城讲过另一个特殊年代的故事，有天晚上他们"逮到"几个云南的土著苗民，要"教育"他们划分家庭成分的好处：分好之后，就有地方住，不用迁徙，还有大锅饭吃。可第二天一早，几个苗民不见踪影，回深山老林继续过他们的日子。很多华人最初想要移民，是希望自己的孩子可以永远避免如文秀那样出卖自身的命运，然而他们中的多数仍把文秀的价值视为单一的价值，继续为自己赢来的"优越感"骄傲，也继续被如影随形的"失败""丢脸"和"万劫不复"的恐惧所折磨，这种放大的恐惧也被用作让"出卖"顺理成章的借口。

我们的民族"宿命感"很强，常常走不出历史循环的怪圈。我看到的是，倘若我们不能欣赏老金那样的生活，倘若我们没有疏离主流且不需要主流"嘉奖"的勇气，我们注定还会被某种隐形的力量操控。

说说容易，做起来难。但我努力吧。

是我。

第三部分

登山的人，不问峰顶在哪儿

可悲的自我关注

亲爱的人：

想你，或许是因为这个冬天实在太冷的缘故。

前些日子发生了一些事，一条挚友所发的状态引起了众多友人的担忧，也包括从来都是后知后觉的我。而后，我努力寻思一些生活值得继续下去的理由，想尽可能留下一些积极的鼓舞，但我发现我不能。

写字的人，骨子里多少都是带有一些敏感的，从而也容易不合时宜，容易悲观厌世。我记得在工作后认识一位朋友，她初次见我时说："我从前不喜欢你们这些写小说的，因为我初中的同桌就是这样，奇奇怪怪的，总喜欢拿钢尺在手臂上刻刀痕。"还有一次，是我的嫂子，她无意中说了一句，不能如何如何养她的孩子，

不然会变成"文艺青年","变成文艺青年就麻烦了"！

有意思的是，当很多人对我坦白这些，他们都预先将我归到非他们所定义的写字人，他们说"你不一样"。我想，我有什么不一样呢？我的内心，和那些在自己身上留疮疤，时时想到死的人，根本是一样的。

上学期重新把耶鲁大学保罗·布鲁姆（Paul Bloom）教授的公开课《心理学导论》再看了一遍，当是每天陪自己吃午饭。有一次布鲁姆教授给人的一生打了个比方，说：有时候你会怀疑，如果人真是由神创造的，那么这个神一定满怀恶意。祂把一切最好的东西给了人的前二十至多是三十年，然后一点一点把这些东西拿走，像漫长的凌迟。

年幼时也听过类似的笑话，但具体内容我已经记不清了，似乎说人最初被创造出来的时候就只有三十年的命，然后人不满足，去跟神讨价还价。神觉得烦死了，就说："那好吧，我把牛的二十年寿命给你，然后把狗的十五年寿命也给你。"而后就变成了：人的前三十年活得像人，后二十年累得像牛，再后十五年卑贱如狗，而倘若还要继续活，那就猪狗不如了。

大约和这位挚友一样，我并不想我的这些念头引起别人的揣测或警惕。不久前有个同龄人在我面前取笑另一位年长朋友的"中年危机"，我很生气，告诉她："人生必然是走下坡路的。"她完全不明白，问我："这是为什么呀？我觉得我跟你都在越来越好。"我感到解释的乏力，因而告诉她，过个十年我们再说话。

她留给我的最后一句是：你身上的"负能量"太多了，下次

回国，让我给你一些"正能量"。

类似的"负能量""正能量""毒药""鸡汤"这些词语如今还满大街横行，然而正如这位同龄人和我之间横亘着高墙一样，我厌恶这些"精神鸦片"（而且是对我毫无用处的鸦片）——我身上的所谓消极是她认定的"为赋新词强说愁"，而她身上的积极又是我眼里的"少年不识愁滋味"，沟通注定无解。

类似的，美国人身上普遍存在的这种"过分乐观"也让我浑身不适。美国文化有一种强烈的笃信：生活中的所有问题都可以解决。当然，从积极的角度看，这样的文化逻辑可以驱动他们勇往直前，碰到问题就会探索解决之道，而不是像其他一些国家一样咏叹着历史的不断重复。然而，另一方面，我的不适又来自于我明白，这种眼光的背后是作家詹姆斯·鲍德温对他的同胞一针见血的观察：美国人不懂得真正的苦难是什么。他们不懂得人可以深陷苦难而难以自拔，他们也不会懂得：苦难、不幸、伤痛是人生的一部分，甚至是绝大部分。他们只会笑着对你说：Hey, easy. Have fun!

更重要的是，对我而言，不仅在一味追求"快乐"（fun）的过程中会使得快乐加速贬值，并且人生的这些苦难、不幸和伤痛本就毫无道理可言；一旦遭遇，重要的不是寻找解释（当然，诸如命理的解释或可缓解眼前的焦虑），而是接受和承担。

接受和承担，于我，不仅是对个体命运的承担，我更希望我能有勇气去承担社会、民族乃至人类的群体命运，而不选择逃避。因而，我已经有预感，我会再做出让我的亲友大跌眼镜的其他选

择，但我希望自己多少能坚持一些傻气。

最近的我又处于文学的倦怠期，原因在于我向来不喜欢美国当代文学，如今倘若诚实作答，我仍然是不喜欢。关键的问题是这里文学视野的狭窄，唐小兵老师在游览瓦尔登湖畔后的随感中说得很透彻，兹摘录如下：

现代人对于社交生活有一种狂热的爱好，从无数他人的生命中步履匆匆，却从未能留下一鳞半爪的印迹，与此同时又在哀叹生命的孤独，时刻陷溺在一种躁动不安四面突围的情绪之中。法国作家莫迪亚诺在接受记者采访时如此解释为何他的作品都聚焦在"家庭""回忆""二战"和"自我"等主题："因为生活的偶然性……还有一种恒定不变性，那就是你看待事物的眼光。我常常会感受到我那一代人与上一代人相比，专心能力下降了。我想到了普鲁斯特或劳伦斯·迪雷勒以及他的《亚历山大四重奏》。他们生活在一个能够更加集中精力思考的时代里，而我们这一代人，只能是支离破碎的。"而在加拿大哲学家泰勒的笔下，随着世俗时代的兴起，消费主义大行其道，基于传统共同体的道德视野日益弱化，个人便陷溺在一种"可悲的自我专注"之中。泰勒认为，"这种个人主义导致以自我为中心，以及随之而来的对那些更大的、自我之外的问题和事务的漠然，无论这些问题和事务是宗教的、政治的，还是历史的。其后果是，生活被狭隘化和平庸化。"前者认为这个时代的个人已经丧失了"自我专注的能力"，生活变得支离破碎，而后者认为当代人过于关心自己，缺乏更多的价值

资源来反省自己，从而从更长远的道德和文化传统来看，就显得极为可悲可怜。

　　放到美国文学史的特定语境中，之所以当今的美国到处都是类似"我奶奶得了癌症"的故事（转译我的工作坊同学原话），而难再有爱默生、梭罗、梅尔维尔、海明威、冯内古特，这个转向，似乎还跟我如今所在的艾奥瓦作家工作坊有直接关系。

　　在《帝国的工作坊》（*Workshops of Empire*）一书里，Eric Bennett 发掘了这个最早也最负盛名的写作项目的"创办初衷"，最早的两任主任把自己视为美国"冷战"时期意识形态的维护者，他们重新定义了文学的审美标准：要去书写私人的、具体的、现实的"小事"，不要去进行普遍的、抽象的、形而上学的"思考"，其目的是不让这些有志于主宰美国文坛的作家成为挥舞着笔杆子反思国民文化乃至关心人类境遇的"战士"。

　　而今，可悲的是，我看到这个出于政治目的被重塑的"文学正统"越来越多地为后殖民版图中的他国文化所接受，文学的尺寸再无法匹配真实的世界，我并不同情文学的边缘化。

　　跟工作坊同学讨论我们共同阅读的美国当代小说，技法纯熟，完成度很高，但是最关键的问题是，长篇的核心往往无法打动人，比如某个小说的矛盾根源是主人公对某种动物的痴狂，这种痴狂超过了他的理性——可我并不能从文字本身感受到这种"痴狂"。很快我就知道为什么，作者对动物的所知主要来自二手资料，大量的书籍、研究，以及短暂的实地走访，或许她本人没有这种痴

狂的经验，这就在小说里"露馅"了。

著名华裔作家任璧莲（Gish Jen）在哈佛演讲录《老虎写作》（Tiger Writing）的前言里写道：在美国，很多年轻人想当作家只是因为"喔，作家可以不用出去上班，太舒服了"。国内因为过去没有创意写作项目的传统，因而大众仍在怀疑大学是否能培养作家——更准确的提法应当是"圈养"——这个怀疑是好的，值得圈内和圈外的人共同警醒。

弗兰纳里·奥康纳说："作家的工作是审思经验，而非把自己变作经验的一部分。"然而我不同意，许是因为我的愚笨，我更希望把自己当成冶炼经验的熔炉，唯有如此，审思对我而言才是"不隔"的。顾随先生说，既然选择了文学，就不该奢望过平常人的生活。这封信是我写给自己未来的期许，我希望自己不因恐惧而去选择安逸，而是根据内心选择去看"大"的文学、"真"的生活、"苦难"的人群，不去拥抱世俗的安定、光鲜、舒服，以及所谓的"成功"——这些都让我无限接近"死亡"，而非"活着"。

我不知道自己能否做到，我只是写下这些给自己的寄语。求仁得仁，得无怨乎。

亲爱的人，只有你，唯有你，我才允许你问那一句："你好不好？"

是我。

我不重要

亲爱的人：

几天前我经历了人生中第一次"鬼压床"。常听人谈起，却不曾体会这种感受的真实。多半是因为自己清醒到可怕，毫不怀疑那就是"鬼"；与此同时，身体却无法动弹，倒也说不上害怕，只是跟自己说，往后人生中这样的黑暗时刻会越来越多吧，其实是无妨的，过去也常落入类似的黑洞，知道没有人可以拉自己一把，多了也就习惯了，靠得住的就是自己胸腔里的一口气。

最近为《澎湃·上海书评》采访了我的老师，也是杰出的美国作家保罗·哈丁（Paul Harding），他的首部长篇《修补匠》（Tinkers）获 2010 年普利策奖（我实在是太爱这本书了！）。两周前的周末，我在整理和翻译访谈稿，被哈丁真诚且睿智的回答

慑服到几乎时时要离开书桌跺一跺脚才能释放激动与兴奋的心情，而后我对自己说："这个访谈太好了，英语原稿我也得分享给更多人。"经澎湃同意，我马上去信给美国独立文学网站 The Millions，问他们能不能发这个访谈，我的编辑 Lydia 看了后即刻说好，她问我："你怎么搞到这么多精彩的东西？"

离这场访谈过去已有几周，哈丁的话还是留在我的脑海，如空谷传响，而我一直有个执念，认定这些回响不是渐渐随风消逝，而是被吸进了群山之内，化为山石。无论他人从对话中看到什么，同意或不同意，我是这个访谈的首要获益人，他回答了我长久以来的疑惑，而我的幸运在于，我的访谈对象思考过（或仍在思考）同样的问题。

这个问题关乎艺术和自我之间的关系。每个艺术家或多或少都相信自己是"被选中"的人，相信自己天赋异禀。所以一部分的人苦恼于如何让自己的"惊人"才学为世所知。无论在中国还是美国，年轻作家总是被鼓励"找到你自己的声音""写出你自己的风格"。所以，从自我、童年和生活周遭写起，强化自己的技巧风格，成了大多数人的初始路径。这样一来，我们似乎会感到艺术的源头是自己，是与生俱来的才华，仿佛自身就是一座巨大的金矿，需要做的只是向内挖掘，皮开肉绽也无所谓，只要能掘出金子来（朱岳会长有个很有趣的小说叫《黄金》，收在《蒙着眼睛的旅行者》里，可以给出视觉画面）。然而，还另有一种解释的可能，我们"被选中"，只是被选为缪斯女神的祭祀，神通过被我们称为"灵感"的东西把口谕传给我们，我们不过是她的代笔人。

　　随着科学发展，后一种说法怕是要让很多人笑掉大牙。然而，我却感到自己越来越趋近后者，至少在精神上。我深知膨胀的"自我"对艺术的戕害——当作家沉迷自我，不仅是迷恋他自己的才能（或许还有相貌，如果他足够幸运），也是迷信他的生活经验（他会缺乏必要的自省，以为自己放个屁都是香的，应让众人来闻）。此后如果他不再被阅读，他会抱怨这个愚蠢的世道，世人皆醉他独醒；或者，如果他被阅读，他也常常感到他得到的目光不符合他对自己的预期，于是他必须更殷勤地搔首弄姿。他很少感到，自己的失败是因为作品根本没有他想象中那么好；并且，当他走向自我迷恋的同时，他已经丧失与更广大世界的联系。

　　我在宗教的语境内部思考着这个问题——事实上，将艺术家称为"被选中的人"，是王尔德在《道连·葛雷画像》前言里有心的提法。《圣经》中著名的"堕落天使"路西法，这个人物本身存有很多争议，按照基督教一些教派（我跟随的解读《圣经》的老师艾瓦是浸信派）的说法，路西法原是神最宠爱的天使，他有最光彩照人的翅膀，《圣经》中也堆叠了各种珍奇异宝来比拟他的美。他感到自己如此明艳动人，理应获得与神同等的位置，他也因此触怒了神，引来惩罚。在这些教派看来，路西法就是撒旦的原型。重读《创世记》中亚当和夏娃被逐出伊甸园的故事，我们所熟知的是他们偷食禁果，违背神的命令，然而《旧约》中耶和华神有这样的解释："那人已经与我们相似，能知道善恶。现在他又伸手摘生命树的果子吃，恐怕就会永远活着。"也就是说，亚当和夏娃触犯的禁区也在于他们正在变得和神一样。

我读这些读得毛骨悚然：艺术家不就在做同样的事吗？把神赐予的礼物（所谓"天赋"）用来变得跟神一样——追求永世不朽的声名。

尼采早就宣告了上帝的死亡，现代科学也不断提醒我们，神只是被我们用来解释人类早期无法理解的那部分经验世界。科学家或许会用基因来阐释天赋，而绝不相信那是神赐的。并且，在一个人工智能的时代（人已如神一般有能力"再造人"），科技赋予人足够的自信去坚持自己无所不能，且无往不利。然而，恰恰是这样一个时代，我感到神必须存在，不是因为我从理性上能推导出神的存在——我不能；而是因为我们这些狂妄自大的人类需要神的存在。

回到文学，回到哈丁的访谈，他说他在重写和修改的过程中有意做的不是加强自己的声音，而是去除自己的声音。因为一旦听到了自己的声音，这个作品就不再关乎自己笔下的人物，而是自己在炫耀小聪明，在炫技。他告诉我，他慢慢认识到作家和美之间不是因果关系，不是作家对生活材料的创造和加工产生了美，而是值得书写的生活材料中本就蕴藏着美，是作家直觉地感受到了，因而他接着要做的是找到一种方式无限接近并展现这种美原本的模样——精确的语言就是最重要的方式之一。

把访谈稿发给编辑的两天后，在豆瓣上偶然看到三水猫发出的一条谈画的广播，说他开始专注在自己所画的对象身上，慢慢丢弃了技法；他也分享了看画的新感受："好的作品，会让人在它面前，忘了媒介，忘了精湛的技法……单纯又朴实地让人想看，

他画的是什么。"

　　我差点忘了，过去画画最单纯的初衷就是为了分享自己眼里的美，而且也真真切切地感受到自己的画笔远不及眼前美景的十分之一。写作或也是同样的道理。还是哈丁，他说他脑海中有一幅对自己作品的完美图景，但当他用语言重构时，有一部分的美势必流失、扭曲、褪色，所以他只能通过不断实验、修改、重写来接近这一图景。这些年来，我竟然忘了这个最素朴的道理，我没有造出这些美景，我只是努力让人看到这些景的媒介，如果说"一切荣耀属于神"的提法显得过于威严和恐怖，那可以说一切荣耀属于这些原初的美吧。大抵我们每人都有这样的体会，创作也好，游戏也罢，最大的快乐莫过于"忘我"。对我来说，这个"忘我"至少包含暂时性的"无我"。

　　——但这里面有个有趣的疑问：既然"忘我"，那么感受到快乐的主体是谁呢？

　　我相信这个快乐源于"接近"，对游戏对象或创作对象的无限接近，甚至于抵达和融合。著名战地摄影师罗伯特·卡特有一句名言："如果你拍得不够好，是因为你靠得不够近。"而要做到无限接近，必须先舍弃自我。

　　话说回来，相信自己是艺术之神的选民本就带着一种狂妄。要如何消弭这种狂妄呢？或许需要依靠这之中蕴藏的恒久的怀疑——因为没有人能够知道自己是否真是缪斯的选民（再一次诡异地与基督教某些派别的观点重合了）。

　　玛格丽特·阿特伍德在散文集《与死者协商》中引用著名诗

人伊丽莎白·芭蕾特·布朗宁（Elizabeth Barrett Browning）的观点，说艺术之神选中的人是需要献祭的，于是有了这样残酷的现实：

一旦你开始数有多少尸体——为艺术献祭的尸体——它们是无法计数的……许多人被召唤，很少有人被选中，而在被选中的人之中，一些必须殉教。

无法确切知道自己是被"选中"还是仅仅被"召唤"，实在是件好事，这成了对艺术信仰的日日考验。因为怀疑，每天都在坚定信仰。这是如今的我和文学之间的关系，我或许还要花上很久的时间才能懂得如何展现我所感受到的美，但我已经懂得需要凝望的对象不是我自己，是我书写的对象，是美本身。

是我。

附：《保罗·哈丁谈小说美学：每挨近"精确"，就离"美"更近一步》

采访／钱佳楠

死前第八天，乔治·华盛顿·克罗斯比开始出现幻觉。客厅的正中央摆着从医院租来的病床，他躺在上面，盯着天花板，看着密密麻麻的虫子从他想象的裂缝里爬进爬出。

这是保罗·哈丁处女作《修补匠》的开篇，也被称为"令人上瘾"的小说开头。然而，或许很多人并不知道，高度诗化的语言一度让此书难觅买家，最终是一家小型独立出版社决定"一搏"，哈丁拿到一千美元的稿费，想着写书大抵就是如此。后面发生的

事情出乎所有人的意料，无任何营销可言的《修补匠》凭借口碑成了当年普利策奖的黑马，并最终把奖项收入囊中。九年过去了，哈丁仍在写作和教书。他低产，《修补匠》后只有一部长篇《伊浓》问世。他嗜经典，公开宣称自己如今不读 1851 年以后的小说，唯一的例外开给他长篇小说工作坊里的学生。他有着丰富的文学之外的履历，20 世纪 90 年代的他曾是乐队的主创，而今他在阅读神学、史学的闲暇之余，调味佐料是物理学和天文学。近日，我们在美国艾奥瓦作家工作坊——哈丁的母校——与他聊聊他的创作经历、小说美学、美国的文学传统以及其他。

澎湃： 在成为作家前，你是"冷水公寓"乐队的鼓手。能不能聊聊音乐人的生活？这段经历有没有影响你之后的写作？

哈丁： 是这样的，我其实算是个"半吊子"音乐人。我们不出去做巡回演出或灌唱片或在纽约和波士顿周边驻场的时候——这样的时候居多——我打了很多乱七八糟的零工。我在书店也工作过，那也是乱七八糟的，因为是零售业，不过是段不错的时光，因为我读了所有新上架的小说。

我喜欢和乐队成员们一起打磨新歌。我们不是特别出色的那种，但是给不同的歌找到元素，然后再整合，这个过程让我着迷。我也喜欢待在录音室里，看音响师和制作人摆弄录音棚，调音台本身就像是乐器。

刚开始巡回演出很好玩，但慢慢变得很累人。大多数的日子

我们都在赶场子，花很多时间把车从一个地方开到下一个地方，一到剧场和俱乐部就开始调音，然后表演，完了就累趴在汽车旅馆里，五到六个人挤在一个房间里，早上睁开双眼又要开车上路。到最后都过腻了。不过那段日子也不是一无是处，因为我去了很多小城镇，不是因为演出我根本不可能去那些地方，我看着那些人过他们的"正常"生活，而在我这样的外人看来，他们的生活有鲜明的地域标记，所以我总觉得很好奇。

音乐影响了我的写作，这是绝对的。我是个鼓手——所谓"掌管时间的人"。我觉得叙事也是掌管时间，是给予小说人物不同的时间体验，让他们不仅存在于哲学意义的时间之中，也存在于日复一日的物理时间之中。我用耳朵写作，用直觉把握节奏。我拿到一个文本，在我读出意思之前，常常能先感受到它的节奏、时间标记和重音。我把《修补匠》尤其看成抒情诗，就像咒语和歌谣。

澎湃：你是什么时候起开始介绍自己是"作家"的？第一次这么称呼自己的时候有什么感觉？

哈丁：我对这个身份有一个认同和接受的转变，很多时候都羞于承认自己是"作家"——我只是在写东西。我从来没有想过：喔，我要成为作家，要成为杰出的作家，因为宣称要成为杰出的作家和真正做到是两码事。但如今我接受了这个职业头衔。说实话，我把写作当作一种存在方式；或者往深里说，我写作，是我生而为人的结果，我探索、审思、描绘人之为人的经验，然后去完成那件不可思议的事，即成为"我"。我猜我还是会觉得自己不

那么像"作家",不过是写了一些奇怪的故事,仅此而已。

澎湃:你曾谈到,你的小说处女作《修补匠》,最初灵感来自你的外公。为什么想写他的故事?写作的过程有没有改变你对他或对你的家族历史的理解?

哈丁:说实话,我没有迫切地想要书写我外公的故事。他过世之后,有一部分他的人生对我来说像个谜,让我好奇,所以我才想写写那个部分,虽然他的人生并没有脱离当时社会的常态。写作也让我能够延续和他的对话,借助美学,借助想象。《修补匠》里的乔治最终拥有了他自己的美学生命,所以说,虽然他是我的外公,可我的外公不是他!我也会想到我的孩子,或许有一天,等他们的孩子和孙辈读起《修补匠》,会觉得这是属于他们的《创世记》,是属于他们的家族史诗。

澎湃:你也毕业于艾奥瓦作家工作坊。我比较好奇的是,《修补匠》里的篇章有没有经历过工作坊的点评?你当时得到了怎样的反馈?

哈丁:《修补匠》最早是个短篇,只有十五页,也是我用来申请艾奥瓦 MFA 的两个作品之一。我不该再提交到课堂里的,但是我还是这么做了,因为我没有写新的作品。我当时的老师,如今也是我的朋友,伊丽莎白·麦克莱肯赋予这个作品全新的生命。她读得很细,热切地留意每个微妙的细节。她不仅教会我如何写作,还教会我如何教写作。我记得我收到的反馈多是说这十五页的版本太过晦涩。所以,等我毕业后有机会花更多时间在这个小说上,我把它的"里子"翻到了外头。我有完整的故事情节——

虽然在别人看起来没什么情节，我也从不对情节感兴趣——所以我就继续扩展人物，搭建他们生活的多个维度，一点一点地，就好像河岸积沉为平原。

这么讲吧，不会特别夸张的，如果你抽出《修补匠》开头的五页，最后的五页，还有正当中的五页，那你大概就看到了最初的短篇。艺术是这样奇异，也是这样可爱！

澎湃：几乎所有读者都被《修补匠》中独特的时间处理迷住了。时间在收拢的同时也在膨胀，让我想起普鲁斯特的《追忆似水年华》，但《修补匠》又完全不同。你怎么会想到这么写的？写作过程中有没有怀疑过你的处理方式？

哈丁：我从始至终都在自我怀疑，不是怀疑我想如何处理时间，而是想我到底有没有在做我想做的，还是我只是想炫技，想显得聪明，好比是在做焰火秀。不过，那也好歹是动力。

小说中的每一处转折、停留、爆发或加速的时刻，都应该自行摸到它们进入文本的路径。同时，因为这本书的大部分都是意识流，而且是有关回忆的意识流，我用我所理解的"量子"来搭建作品的结构，意识流的本质好比超光速的时间旅行——几乎看不到明显的因果关联，你可以想象此刻的你是个婴孩，在河边看你的妈妈抓鱼，下一瞬你就成了父亲，喂你的儿子吃虾。我举的例子有点傻，但你知道我的意思。

普鲁斯特这样的作家确实在我的脑海里，他们让语言成为"历时性"的——就是说，通过语词的组合，读者可以在同一时间经历对全部记忆的理解，而这全部的记忆是动态的，它们变转形状，

移动，相互交融、分离，等等。威廉·福克纳也是我在时间方面的重要导师，此外还有被称为"魔幻现实主义"的作家们：胡里奥·科塔萨尔、卡洛斯·富恩特斯，对了，还有艾米莉·狄金森，她的诗歌看起来短小紧凑，却具有塌缩恒星那般先验的、形而上的密度。

澎湃：你曾说，《修补匠》用的不是时间线索，而是"关联线索"。这样的小说结构也意味着读者会在里面迷路，为此不少作家会特意放置"木桩"让读者休息，也让他们找找方向。我感觉乔治生命的倒数承担了类似的功能。你会怕你的读者迷失吗？你会给他们指路吗？

哈丁：哈，你完美地解答了你提的问题！是，我很担心。而且，乔治生命的倒数绝对是我有意"设置"的——巧合的是，小说写了八天的时间，而传统的欧美落地钟上满发条正好能走八天。我想，既然语言提示："离他死去还有八天；七天；六天……"，读者至少有了个预判，他们会回到确定的某个时间，也至少对发生的事情有了谱。这种叙事方式有个适应的过程，一旦读者抓到了里面类似规则的东西，就会发现这些规则作用于小说最深层的含义。

我觉得，只要作品最终能用艺术双倍、五倍、十倍地酬谢它的读者，让他们惊喜、满足，并激发他们对人性深层的洞察，那么要求读者更积极地参与到阅读之中，甚至做一些必要的功课都是无妨的。

有两件事我一直对我的学生说：一，不要为拙劣的读者写作；

二，不要为不会喜欢你的小说的人写作。如果你拿起《修补匠》，读了封皮和开头的一两段，然后你接着往下读，那是因为你喜欢你读过的部分。从第一个句子起，书就有了它自己的生命。

澎湃：处女作就荣膺普利策奖，会不会让你写第二部小说倍感压力？会不会担心《伊浓》无法复制《修补匠》的成功？

哈丁：我的确感到压力，而且压力巨大。但我也想自己不过是普利策奖大舞台上一个卑微的、暂时的主角。我曾紧张到，比如说，半夜或凌晨四点忽然醒过来，想我能不能写成《伊浓》。可是，我要么继续写第二本书，要么就此消失。我想，这两个选项，还是写下去更好一些。

我倒不多想《伊浓》能不能复制《修补匠》的成功，我当然希望如此。不过，看了这么多年书，观察了这么久的文坛动向，加上我也卖书，我深知自己需要面对的风险。比方说，一定会有人不喜欢《伊浓》。有人不喜欢是因为觉得只是《修补匠二》，也有人不喜欢是因为这不是《修补匠二》。这些不重要。我要做的是尽量屏蔽这些噪音，只去倾听从《伊浓》的世界内部传来的声音。

澎湃：《伊浓》至少是开篇几章，读起来更像传统的小说——叙事视角清晰，丧女的情节也是人人都能感到共鸣的。你如何决定《伊浓》要这么写，而不是用其他方式写？

哈丁：这个问题有意思，因为你实际上是边写边学的。一开始，因为开头感觉比较传统，我试过把它变得——我也不知道是什么——更具实验风格之类。但那是我在强拧素材，企图榨出意思来。然后我发现那本书就是有关叙事者查理的故事，因此或多

或少具有一种更传统的观察、呈现他生活的模式：比如他对女儿的爱，就是一种大家熟悉的，日常的讲述方式。然而，到他女儿意外亡故之后，这种讲述方式，这套构成他昔日世界的语言系统，突然就不再适用；对于他所经历的悲剧，这套话语显得苍白，陌生，隔膜。小说剩余的部分就是在用艺术方式呈现他创建新的话语体系的努力，他渴望述说那个他女儿已永远离开的世界。这套全新的讲述方式又与嗑药、酗酒赋予他的"浪漫性情"交织在一起，虽然他只是希望借助药和酒让自己能面对莫大的痛苦，就好比珀尔修斯击败美杜莎时必须使用镜子，这样他可以看见她而不至于化作石头。当然了，这套话语变得越来越像梦魇，满是新英格兰地区传说中的幽灵。我察觉到这也是俄耳甫斯和欧律狄刻的故事，是珀耳塞福涅和德墨忒尔的故事——因为无法接受失去挚爱的现实，只能下到冥界把所爱之人找回来。当然里面还可以看到很多很多其他的故事，至少这是我的期望。

但是，我的确发现第一人称会导致结构上束手束脚，它难以支撑大容量的长篇叙事。我也发现当小说涉及我们的文化如何看待嗑药和酗酒的问题时，这就成了全书最扎眼的话题，很多读者不能或不想看到小说真正的书写对象：人的生活。当然了，有些问题是我身为艺术家的短板造成的。艺术本身也不是完美的！所以边写边学很好。

还有一个有趣的事情，有读者问我：为什么那个叫查理的家伙不能像个成年人那样振作起来？嗯，问题是，如果他这样做，那就没有小说了！那就像在问（当然是在一个高级很多的层面上）：

为什么哈姆雷特不直接报仇？嗯，因为那是戏剧。如果哈姆雷特不经历痛苦的折磨，那他还是哈姆雷特吗？如果他不忍受痛苦，直接杀掉波洛涅斯，行使他的继承权，成为一个典型的记仇的凶残的国王，那么整出戏只要两分钟就结束了，然后就得请出杂耍演员和马戏团里的熊来给观众助兴。

不管怎么说，这样那样的写作难题都是《伊浓》需要面对的。这个题材是我想写的（我有几个亲密的朋友失去了孩子，他们的经历是触发我写作此书的部分原因；在写的过程中，我还有两个好友分别失去了他们唯一的孩子），因为命运仍像个谜。任何对幽暗的遮蔽在我眼里都特别迷人。

澎湃：你教学生写作最重要的是要"精确"。何谓"精确"？如何在"抒情"的同时做到"精确"？

哈丁：我猜我在语言上是个理想主义者，或许不切实际。我脑海中有个至高理想，比方说，《修补匠》的完美图景。然后我就尽可能用英语再现出来这个至高理想，虽然落到纸面上的版本不可能完美，经历了碾压或炙烤，不是成了灰烬，就是有了凹痕。当文学从想象的完美范式跌入语言，它势必遭受扭曲。好在英语是一门宏伟、开阔、丰富且柔韧性极强的语言。所以我不断修改，再改，然后接着改。书里每一个句子都改过不下一百遍，我要通过语言的精确接近我理想中的完美，这种努力当然也是美学意义上的。我把美学的压力施加到语言上要求精确——我有一个信仰，相信当我每接近"精确"一步，我就更接近"神启"，接近"美"。

　　我经历过很痛苦的挣扎，其中一个原因就是我把自己看作抒情作家。甚至"精确"这个词本身，就和抒情的精神是矛盾的。"精确"像外科手术的要求，像工程师用的。但是，我们需要依靠"精确"抵达美学的"精密"。因而，你要学着相信你所写的对象，你的题材。如果你在题材中感知到美和抒情本质，那就意味着美和抒情包蕴在其内部。或者说，早在你留意和触碰它们之前，它们本身已经是美和抒情的了。这还意味着：不是你——作家——用"你的"写作引发了这些特质；不是你在这些素材上撒了金粉或仙尘，它们就变得抒情了。恰恰相反，这个行为本身就是扭曲，是"不精确"。这里面不是一组因果关系，不是作家通过写作"营造出"抒情的效果。是作家对他直觉感到是美和抒情的东西给予长久、深入、无私、细致、热切的关注，而后找到最佳的方式呈现它们原本的样子——作家最终会发现，唯一可行的方式就是去精确地描绘它们的真实面目。这就是"看起来像诗"和"诗"之间的差异，是"美的文笔"和"美"之间的差异。最初，这个意识是违背我直觉的，所以我借助信仰的支撑，要求自己必须那样去写。是通过大量的训练我才真正可以那样写作并且坚持那样写作。这是信仰的回报。这个过程如同神迹，每一次都得到印证。

　　我必须指出：这种思考方式适用于以人物及人物经历为核心的写作语境，美和抒情很大程度也源于"折射"。比方说，秀丽的风景因为某个人物独特的视角、独特的经历会形成独特的呈现方式。也就是说，倘若作家处理得足够精确，这道风景会让读者感到很真，也因此感到美。我从不"客观"地描写"清澈冰凉的小

溪边有一排沐浴在金色阳光下的白桦树"，我写的是人对这些事物的凝视。在这个意义上，人和风景是共生体。

澎湃： 19世纪美国文学对人的灵性和精神的探讨在当今的美国文坛难觅踪影（唯一的例外或许就是你和你的老师玛里琳·鲁宾逊）。就你的阅读经验而言，你最喜欢美国当代小说的什么，最不喜欢什么？

哈丁： 哈，我看的唯一的美国当代小说是我的学生写的！不是因为我是个老学究，而是因为我教一门长篇小说的工作坊课，我们每周要读完并点评一部完整的长篇书稿，而且我不设字数上限！阅读量非常大。但学生非常棒，所以我每周读到的都是一部好的甚或杰出的长篇小说的雏形。余下的阅读时间我贡献给非虚构——大量的神学，最近也有很多史学，如约翰·福克斯大体量的《行为与丰碑》（*The Acts and Monuments*，译者按：著名的《殉道史》即此书删节本），书从英格兰历史的开端一直写到玛丽女王执政的时期。

回到你的问题，我在学生的作品中看到的是他们愿意尝试新的想法，"厚着脸皮"去写最俏皮、最大、最美的小说。一般来说，我不喜欢那些总在抱怨白人中产阶级生活的作品，那些书本身就成了他们所不满的粗糙的物质主义的一部分。就像人们说的"瓮中捉鳖"，有什么事能比捉住中产阶级的痛脚更简单？

澎湃： 对美国当代小说的一个常见批评是"太小"了。我们当今的世界这么宏大、混乱，我们需要"尺寸"相当的小说。你怎么看美国当代小说的"尺寸"？

哈丁：喔，这个问题有点难度！小说的"尺寸"应该从里面往外量。有好多六百页的长篇可能只有七十五页重要的，其他都是自我陶醉。"尺寸"当指小说题材的深邃和严肃。我喜欢读大部头的作品，因为你可以沉浸在里面，感觉像它成了你的朋友或爱人。如今，《白鲸》对我来说已经不是一本书，而是一个地方，是一个我定期要重访和小住几日的美学上和存在论上的居所。我可以在梅尔维尔的作品里这么做是因为这本书有六百页，但更重要的是，每一页都有一百页的深度：丰富，厚重，富丽堂皇，慷慨激昂，天才手笔。每一页都是盛宴。所以，如果你只是把当今时代大众对"美国梦"或"美国噩梦"的流行看法赶制成几百页的书，你仍旧在写一本小得可怜的书。

澎湃：或许和后现代思潮的影响有关，另一个当代文学的趋势是：作家在小说中大胆尝试各种实验风格——很多时候是植入视觉艺术。但是我常常感到，这些花哨的形式是为了掩盖薄弱的故事情节或者为了把一大堆毫不相关的场景串联起来。在你看来，形式和内容之间理想的关系是怎样的？如何不为实验而实验？

哈丁：哈，我觉得你又出色地解答了你自己的另一个问题！这和个人口味关系很大。既然我们已经聊到个人的审美倾向，那我就谈谈我自己的喜好。首先，我眼中所有的好作品都是实验性的。你拿着你的素材做实验，看看什么能成，什么不能成，然后想想为什么，要怎么调整。我花大量的时间在我的段落上做实验，用各种方式把它们合并起来，即兴发挥，剪贴拼补，看它们会产生怎样的口吻、结构和含义。哪里协调，哪里不协调？就好像它

们几乎完全不受我的掌控。我不会在写作前就决定要采用什么形式写作，或者坚持用某一种形式写作。我是说，有时我的确会琢磨用哪个形式动笔，但我只是用那个形式来给一个刚起步的长篇试水，我完全清楚这不过是个提词，如果素材足够好，最终它会从这个构思里生长出来或者挣脱出去。相反，固执于一种形式的人，通常在潜意识里已认定构思本身高过它的实用性和必要性，而且他们也会肢解素材，以便塞入这个形式。这就是所谓"写作成了写作的对象"。

对我来说，写作是一个谓语——人物、他们的经历，以及由事物构成的现象学才是主语。写作听命于人物，服务于对人物生活的刻画（回到了我们之前聊的"精确"的定义）。我经常跟学生讲：永远不要有把故事牺牲掉的自负。我发现，要克服这个问题，就要在修改和编辑的过程里去掉"你自己"。只要我在作品里听见我自己的声音，我就知道我成了写作的主语；故事不再是关于我的人物，而是我在展现自己的小聪明，在炫耀，在打击报复，诸如此类。所以，我认为形式应当是写作的功能，是在过程中发现的，类似物理学家所说的"涌现性"[1]（emergent property）。我很可能用的不是这个概念真正的定义，但是，大概地讲，我理解的"涌现性"指系统成形时新产生的特性，是在此之前无法预料的（我觉得这多半跟热力学有关）。形式产生自文本内部，而不是作家在

---

[1] 涌现性，通常是指多个要素组成系统后，出现了系统组成前单个要素所不具有的性质。

写之前自作聪明，自说自话搭建的空中楼阁，然后想着把他的故事和人物搬到这个阁楼里。

当然，有一些作家能够这么写，还写得很漂亮！但是，就像你说的，大多数作家是在文本之外玩门面功夫。小说的结构如果变成纯粹的装饰，就成了危楼，要塌的。但这并不是说作家应避免运用实验风格以帮助自己抵达真实和必要。肤浅的推陈出新也很危险。看呀！这个长篇是从后往前写的！好像很妙，但是谁在乎呢？

虽然严格说起来这两个不是一回事，但意思相通，美国爵士乐评论家惠特妮·巴利埃特形容好些乐手技巧上极其娴熟，然而他们精湛的技艺里没有灵魂。

澎湃："传统"是美国人不常提的一个词。工作坊的同学甚至告诉我，当今美国只有高中生还在读福克纳。在你看来，美国的文学传统是什么？年轻作家通过阅读它们又能学到什么？

哈丁：如今的美国文学非常浩瀚，已经很难说它有单一的传统了。纯就历史而言，这个传统或许是从神学家乔纳森·爱德华兹（Jonathan Edwards）那批人开始的，乔纳森本人也是了不起的作家。或许这看起来有点狭隘，但我所认为的传统源自新英格兰改良新教一直到之后发展出来的先验论。我把这条脉络看成一种把人的经验放在首位的主张。不是从浪漫主义的角度，而是从最深层的智慧、美学、道德、精神等层面竭尽所能探索经验本身——作为人类的经验，作为自我的经验，作为自我的人类的经验。这引向了后来的各种民主精神和人文主义，让每个人都拥有

自由去经历他被赋予的人性，不受压迫，相信每个人的经验都有其终极意义，等等。这和激进的相对主义不是一回事，也不是让你随心所欲。部分的文学和哲学的传统源于被称作"我－你"关联的早期神学观点。一个人激发、培养、开掘他的自我，直到他开始关心并升华他人的自我和他人的生活。思索一个人自身的经验让他对他人的经验更敏感，或者说这是探寻的意义所在。共情心很多时候不是天生的冲动，而是依靠持续深入思索的纪律和习惯建立的，通过思索，人可以有意义地参与到人类的价值并继续创造价值。这大概是对我脑海中"人文主义"的一个非常简略的描述。

我想，在美国，也在任何思考能产生实效的地方，就可以说人们不仅物质生活被丰富，精神生活也一样。在美国，类似的思索和艺术，广义上的艺术，促发了堕胎权运动，而后是公民权、劳工权、妇女的选举权，再后是全面减少针对不同族群的歧视和不平等现象。爱默生和梭罗当然是在这个传统里写作和思考的。艾米莉·狄金森，赫尔曼·梅尔维尔，还有之后的福克纳都是。但这个传统的灵魂难以完整地保存是因为：不管他们有多么不同的信仰分支或教宗或其他什么，他们的写作生发于《圣经》的文学和世界观传统。

假如说现在只有高中生读福克纳，那么说没人还在读《圣经》也不会太过夸张。这本书被装进了意识形态的妆奁，以至于美国人几乎不可能接近它和经它影响产生的作品。比方说《白鲸》，需要提到的不一定是其世俗倾向，而应是其文学价值本身，不是非

得把宗教降格才能把小说、诗歌、音乐和艺术抬高到神圣的位置。不管怎么说，不知道《圣经》绝对就是文盲。这不是价值评判（但是是我的评判标准！），而是一个纯粹基于事实的描述:《圣经》是所谓"西方艺术"的源头。你不需要喜欢它，但它就在那里。那些对这个传统一无所知的人，他们已经和我所描绘的"美国传统"分离了。

我欣赏那些试图把人类经验中最神圣、高尚、实质的层面分享给所有人的努力，不管作品中具体反映的是哪个社会阶层的生活。你再回想一下福克纳笔下的人物，想想《白鲸》，以实玛利根本不识字，还有那些把名字签为"X"的水手，但是梅尔维尔是用国王、先知和天使的语言书写他们的。我钟爱威廉·廷代尔（William Tyndale），他是第一个把《圣经》翻译成现代英语的人，他几乎是奇迹般地凭一己之力创建了文学性语言的典范，他把我之前提到的美学压力施加到他的语言上，要求自己既能典雅地传达《圣经》的渊博，又能清晰晓畅到让耕田的孩子都能看懂——后者是他自己立下的翻译目标。他的理想让我看到了美国传统中最好的部分:民主精神，虽然民主注定要永远经历不完美的妥协，受到玷污、贬损、围攻以及其他。

澎湃：最后一个问题，现在回头看处女作《修补匠》，你会希望对当时的自己说什么？

哈丁：这个问题简单，没有任何想说的。对我来说，写作不是建筑工程，我的意思是我不太在乎效率。是低效率的写作——即兴创作，发现，划掉，探寻，寻得，寻不得，自我怀疑，再度

探索，揭开，展现——产生了艺术。你不能事先打好如意算盘，然后把字打出来。我喜欢的是把语言释放到纸面上，看哪些意思撞进了这个世界，然后我修改、打磨、润色、涂掉重写，这就是我把文字变成艺术品的过程。或许事先知道很多技术性的东西有好处，但我不多想这些，因为一旦知道了，你需要考虑的写作层面的困难只会变得更大。不过对所有作家都是如此，这个我可以向你保证，当你知道得越多，你就会感到小说越难写；但我觉得这是很美妙的事。不管我当初从《修补匠》的写作中学到了什么，我一旦开始写《伊浓》，我就必须从头学起。这是身为作家的幸运！

重读《包法利夫人》

亲爱的人：

前段日子，外滩课堂要我回答一个问题，对于那些已经在海外求学的高中学生，如何才能保持对母语的热情和兴趣？

我觉得这个问题好难，因为语言的掌握程度和接触面积成正比，一旦不"暴露"在这种语言环境之中，有些东西就徒留一个空壳，就像很多海外的中餐，名字听起来或东西看上去好像是这么一回事，但实际上味道已不复原初。

最后我想了想，总还是得给一个回答吧，所以我就说可以给家人或朋友写信，但必须是亲近的家人和朋友，懂你的那一位，然后通过和他的亲近维系和母语的亲近。

我们已经很长时间没有说话了，我最近在想，是否需要换一个

收信人，因为那种亲近的感觉大概从两封信前就开始流失，慢慢干涸。可最后还是写给你，这样很好，或许这一封，或者接下来的每一封都可能是给你的最后一封信，一旦不再写给你，你也知道，不必来看我了。

开学前的周末，我在读 Gracie 推荐给我的一些小说和文论，其中一篇弗兰纳里·奥康纳写的散文尤其精彩——《小说的本质和目的》——我已经和国内的文学期刊约好，会做全文翻译。其中有一部分，她特别提到了福楼拜的《包法利夫人》，说福楼拜有条原则，你如果要"写活"一个人，必须至少同时调动读者的三种感官来感受这个人物。接着奥康纳引用了《包法利夫人》中的一段为例，兹摘录如下：

翻开《包法利夫人》，你会感到惊艳，因为其中所有的语段都可以被上述这个标准检验，但全书中有一个特别的段落尤其使我折服，使我不得不停下来感叹作者的笔力。福楼拜为我们描绘正在弹奏钢琴的爱玛，查尔斯在一旁凝视她。福楼拜如此写道："至于钢琴，她的手指在琴键上移动得愈快，他就愈是赞叹不已。她挺直身子敲击琴键，从高音区一口气弹到低音区。这架旧钢琴很久没有校音了，经她这么一弹，发出重叠的颤音，窗子开着的时候，一直能传到村子的那头，执达吏的书记员光着头、穿着便鞋从大路上走过，常会掖着文件驻足聆听。"

你越多次阅读这样的语段，你可以从中受益的东西也就越多。

最终，我们和爱玛一起，听这架古旧的钢琴"发出重叠的颤音"，而在村子的那一头，我们正在和这位栩栩如生的穿着便鞋的书记员一同从大路上走过。就小说里爱玛的命运而言，我们很可能觉得，这架钢琴有没有发出重叠的颤音，又或者这个书记员是不是穿着便鞋、手里有没有掖着文件都无关紧要，但是福楼拜必须创造出一个可信的村镇，好把爱玛置于其中。请永远记得，小说家应该首先给他笔下的书记员穿上便鞋，再去关心那些宏大的理念和涌动的情感。

真的很巧，我第一次上玛葛·丽弗赛（Margot Livesey）的研讨会，玛葛要我们重读的第一本书也是《包法利夫人》。是的，《包法利夫人》此刻就在我的身边，这是我的周末作业，而我还远没有读完。

我曾经应该至少读过两遍全书，李健吾的中译本，我被他优美的译文打动，但是对情节的认识和之后在乔治·斯坦纳的文论中读到的相仿，福楼拜竟然运用这么高超的技巧写了一个这么庸俗的故事，这是欧洲现实主义文学的最高峰，但也是穷途末路。我在给学生上《罪与罚》之前带领过学生沿着乔治·斯坦纳的观点看俄国文学的伟大，因为俄国文学在已经行将没落的欧洲写实传统中硬是杀出了一条血路。有两条经典的线索，一条是《包法利夫人》和《安娜·卡列尼娜》，两个小说的情节相似点很多，但根据斯坦纳的观察，就算只读小说的开篇，你也知道福楼拜和托尔斯泰的野心是不同的，《包法利夫人》的开篇是包法利先生第一天转到学校的场景、日常，还有点像校

园小说的意味，而《安娜·卡列尼娜》则是那个著名的开头：

幸福的家庭总是相似的，不幸的家庭各有各的不幸。

托尔斯泰不只是想写安娜，他要囊括整个时代。

斯坦纳显然更偏爱另一位俄国杰出的作家，陀思妥耶夫斯基，于是他还追寻了另一条线索，所谓的"拿破仑传统"。司汤达的《红与黑》和陀思妥耶夫斯基的《罪与罚》都是拿破仑传统的演绎，一个外省人如何凭借他的野心和抱负企图颠覆世界。这样的比较是残酷的，因为《罪与罚》确实是这个传统中最深刻的版本，不停留于批判现实或人物心理分析本身，而是从拉斯科尔尼科夫身上看到了时代的病症，这个病症直至今天依然，如果每个人都相信自己所说的是真理，那么世界就会永远陷于分裂与战争，用什么去弥合？最好的文学作品正是在于它能提出伟大的质疑，陀思妥耶夫斯基做到了，而司汤达则没有。

脑海中装载了过多文学史、文学理论的我其实是很难亲近文本的，然而可能是因为之前奥康纳的提点，和第一堂课中对玛葛生出的钦佩，让我重又投身到《包法利夫人》之中。而这次重读就像是从没读过一般，英译本和中译本差异甚大。即便李健吾已经是杰出的译者，但两种语言的距离太过遥远，打个不恰当的比方，这两天我跟美国朋友描述我吃美国提子的惊异，水分饱足，甜而不腻，好像孩子第一次尝到甜的滋味，我说我在中国也吃过，但可能是运送的路途漫漫，虽然也甜，但像假的一样，我夸张地

说：味同嚼蜡。《包法利夫人》经历的或也是类似的旅途，许多东西在途中遗失或者变质，英语译本因为路途稍近一些，所以保鲜的效果稍好一些。

我一开始是在做摘抄，这是之前李翊云极力推荐的"笨"办法，是的，没有比笨更聪明的办法，没有比慢更快的方式。可我很快发现，这样做根本无法完成这周的阅读作业，所以我只好把需要摘抄的地方在纸上标注好，一有时间再回来补这项差事，但从一开始，我就读得好慢，因为福楼拜的语言（即便是英译本）太值得咀嚼了，比如包法利先生第一次来到爱玛家中：

A young woman in a blue merino dress with three flounces came to the threshold of the door to receive Monsieur Bovary; she led him to the kitchen, where a large fire was blazing. The servants' breakfast was boiling beside it in small pots of all sizes. Some damp clothes were drying inside the chimney-corner. The shovel, tongs and the nozzle of the bellows, all of colossal size, shone like polished steel, while along the walls hung many pots and pans in which the clear flame of the hearth, mingling with the first rays of the sun coming in through the window, was mirrored fitfully. (Paul De Man 译本，下同)

一个年轻女人，穿着镶了三道花边的"麦里漏斯"蓝袍，来到房门口，接住包法利先生，让到厨房坐。厨房生着旺火，伙计的早饭，盛入高低不齐的小闷罐，在四周沸滚。灶头烘着几件湿

衣服。铲子、钳子、吹筒，都大得不得了，明晃晃的，好像钢一样发亮，沿墙摆了许多厨房器皿，大小不等，映着通红的灶火和从玻璃窗那边射进来的曙光。（李健吾 译）

其实化学作用这个时候就发生了，福楼拜没有直接写包法利先生眼中对这个年轻的姑娘迸发的火花，但是字里行间，这火花燃烧至小屋的每一寸，所有平凡的东西都被施了魔法，焕发光彩。之前和学生一起读过两次马尔克斯的《霍乱时期的爱情》，我们都感慨这个小说和《包法利夫人》是有联系的，原来我们的聚焦点是情节和象征上的联系，而我重读《包法利夫人》的英译本时有种直觉，马尔克斯写作时语言上也在向福楼拜致敬，这一段和乌尔比诺医生头一回来到费尔明娜家看到的情景何其相似？普通的花园，连同费尔明娜饲养的鸟雀都披上了魔幻的外衣，魔幻不是《霍乱时期的爱情》的笔触，而是来自费尔明娜对乌尔比诺的致命吸引。

再看福楼拜如何描述包法利先生确实感受到了爱玛的美，远在他感受到现实空间的膨胀之后：

Once, during a thaw, the bark of the trees in the yard was oozing, the snow melted on the roofs of the buildings; she stood on the threshold, went to fetch her sunshade and opened it. The parasol, made of an iridescent silk that let the sunlight sift through, colored the white skin of her face with shifting reflections. Beneath it, she

smiled at the gentle warmth; drops of water fell one by one on the taut silk.

有一次，时逢化冻，院里树木的皮在渗水，房顶的雪在溶解。她站在门槛，找来她的阳伞，撑开了。阳伞是缎子做的，鸽子咽喉颜色，阳光穿过，闪闪烁烁，照亮脸上的白净皮肤。天气不冷不热，她在伞底下微笑；他们听见水点，一滴又一滴，打着紧绷绷的闪段。（李健吾 译）

这些视角，是后来电影作品向文学经典取经的起点，爱一个人的感觉就是全世界因为她而变得不同，变得美，而她的美当然也是依托于特别的情境，或许对别人而言是寻常的情境，对坠入爱河的人而言却像是被雷电击中，阳光与遮阳伞的游戏衬出她的肤质，或者，是乔伊斯的《阿拉比》里的，黄昏时分唯一的光亮为那位意中人营造了天使一般的光环。

工作坊里有个美国男孩，对中国文化感兴趣，本科的毕业论文做的是李安的《色·戒》，他也喜欢日本文学，那天吃饭的时候他问我：你一定看过不少日本文学？

我说是。

他马上大胆地下了结论：我认为日本的文学恐怕是全世界最好的文学。

我兴奋地直点头。

然后我们就聊起了日本作家，他读的是英译，我读的是中译，有时候作家的名字都很难说出一样的来让对方知道，但他聪明地

说起这些人的经历，他说：有个作家他很喜欢，喜欢练自己的身体，最后还搞了个刺杀行动……

啊，三岛由纪夫！

我读《包法利夫人》的时候，时常思维飘出去，想到川端康成的《雪国》《山之音》，这样的语言在川端笔下、三岛笔下也俯拾皆是啊，川端写女性的美，不会直接写女性的容貌，而是要借着车窗的倒影来写，东方的情致原本就是贴近文学的，不是吗？

或者说，一个在爱着的人，他的思维会变得东方，变得更感性，变得更含蓄婉约，更小心翼翼——只是，对于写作的人，"明白"是一回事，"写作"是另一回事，如果没有在"爱着"（广义的，我寻不到一个好的词，用来指某一瞬间，自己的情感体悟和世界恰好灵犀相通），为了写而写，那文字也只会流于造作，流于匠气。

写作是难的，我们总以为"明白"可以取代"灵感"，甚至要不断告诫自己职业作家无须仰赖"灵感"，但在没有与世界灵犀相通的时候，你无法否认，写下的东西确实糟糕透了。

所以朱岳会长说："写作最重要的方法之一是等，这一方法运用起来有相当的难度。"

啊，是我。

29 岁，村上刚刚开始写作

亲爱的人：

　　刚过去的八月，我发现自己有了第一根白发，和很多人一样，我也惊慌失措，急忙问母亲可以吃点什么补补身体，而后就到亚米网下了一单当归红枣茶、韩国人参鸡汤之类，聊以安抚自己的心灵创伤。依稀记得中学时曾和朋友聊起未来，10 多岁或 20 出头的时候，都觉得 30 岁是个异常恐怖的岁数。青春期荷尔蒙蓬勃的顶峰，我们甚至幻想过"要在最美好的年龄死去"，比如 20 多岁时自己的婚礼上，死在一生最美的刹那。不知不觉，我已经到了村上春树开始写作的年纪，29 岁，对很多人来说，这个年龄才开始写作已经显晚了，然而我是在最近才感受到村上的幸运——他没有在更焦躁的年龄早早地把自己的生活素材消耗殆尽。

直到最近，我才开始领受这个年龄的好处，这好处是什么呢？张爱玲在《私语》里把这份感受传达得最贴切：

年初一我预先嘱咐阿妈天明就叫我起来看他们迎新年，谁知他们怕我熬夜辛苦了，让我多睡一会，醒来时鞭炮已经放过了。我觉得一切的繁华热闹都已经成了过去，我没有份了。

逼近而立之年的我的感觉正是如此：一切的繁华热闹都已经成了过去，我没有份了。

在年轻人看来，这哪里是"好处"？这简直就是惊悚电影——刚好相反，如今这个年纪的好处正在于，看清年轻时自己执着于成为繁华热闹的一部分不过是虚妄。

记得是五六年前，初识定浩兄和德海兄两位批评家，黄德海老师问过我："你想着写作带给你生活上的改变吗？"我记得自己摇了摇头。他说："那就好，那你根本不用着急。"

事实上，我的摇头是违心之举，我渴望写作带给我生活上的改变，渴望凭借写作证明自己并非庸人，也渴望凭借写作在茫茫人海中寻找同类——因而我一直是焦躁的，和很多年轻人一样。

不久前和同龄人聊起30岁的焦虑，孔夫子的"三十而立"仿佛成了中国人的一道末日催命符，不少人纷纷在这个年龄做出人生的重大决定。之前在怡微的《云物如故乡》里读到过，29岁的时候她有一个发现，给同学寄贺年卡时需要寄去新的地址。很多人在这个年龄步入婚姻，或许其中也含有赶"末班车"的意味。

也有人选择创业，选择自费出书，多数行为的象征意义大过实际意义，几年前，一位昔日的同事私下对我说："我要出一本书，你知道吗？我今年要 30 岁了，我必须干一番大事。"

陈村老师在文章里写："只有小孩子才觉得舞台上天天有自己。"十几二十岁的年轻人，仍然挣不脱孩子的这份执念，并没有做好准备领受人生漫漫长路的幽深寂寞，甚至，年轻人不曾真正知晓，即便有过烟花绽放的刹那，旋即也将归入黑暗的永夜。在世俗文化发达的国内语境下，寂寞潦倒的人之常态常被视作羞耻的烙印，人们从窦唯、崔健，一路嘲笑到许知远，而我在这种嬉笑的背后看到的是更多人试图用嘲笑声掩饰自己内心的恸哭。

我们的文化似乎对 30 岁的人有很多基本要求，结婚生子、工作稳定、有房有车等，而今的我会感慨，这大约是过来人得出的怎样才能过了 30 不被"嘲笑"的经验之谈——有了这些"体面"的掩护，至少不至于让老丑显得太过触目。

从六月中旬回到玉米地之后，我开始有了一种奇妙的感受，忽然觉得过去对我而言非常迫切的问题都失去了迫切性。比如写作，而今的我感到自己将有漫长的一生和这个爱好相互厮守，书可以一本一本读，文字也可以一点一点打磨。也因为人生的真相如今才刚刚开始，我不再担心没有东西可写，只要你的视觉被打开，每个人的脸上都写满了故事。又比如让我焦虑了足足一年的问题：往后用何种语言写作，也不再是非黑即白的选择，我曾羡慕李翊云一开始就用英语写作的经历，所以她无须像我这样挣扎着把"中文模式"——剥除，但如今我反而觉得我先用中文写作

是一笔丰富的财富，我于是更知晓两种语言之间诸多微妙的差异。刚给翻译系的系主任 Aron 去信求助，说我的同学仍然感到我小说里的时空转换让他们困惑，在时态变化之外我需要学会如何设置时间标示（time markers），但我感到困难的原因还在于，这种中英语不同的时间感知还和中美文化不同的故事概念相互堆叠——这是假期里一位工作坊好友 Afa 写信给我时我才发现的——比起英语世界严格要求小说情节必须围绕冲突展开，中国和日本的小说（尤其是古典小说）多用"转折"取代"冲突"。一个有意思的例子是，中文小说里常出现的"突然"，并不是时间标示，而是情节标示，所以如果直接译成 suddenly，美国人会觉得莫名其妙——我已经有了种预感，我可能到头来会用英语写很多散文，不一定真正写出完美的短篇（系里出了名严苛的老师查理在第一节研讨课上就说：短篇小说因为隔绝了时空，所以完美是可能的，短篇小说必须追求完美）。

也因为渐渐发现我感兴趣的东西越来越像一个只有我自己能去的地方，我不再渴望同伴。把科学人文作品写得如诗般美丽的美国作家蕾切尔·卡逊（Rachel Carson）曾经谈到写作者的孤独：

不管怎么说，写作就是一项孤独的事业。当然，我们也有和朋友，和同事相互激发的美好时光，但是在真正的创作过程里，作家必须把他和周遭世界的联系全部切断，独自面对他正在创作的东西。他走进了一个他从未去过的领地——那里或许不曾有人造访过。那是个孤独的地方，甚至有些恐怖。

正因一切的繁华热闹都已与我无关，我忽然庆幸自己有了一个只有自己能去的地方，往后，如果在世间受了委屈，我就翻身上马，去到我的王国。

只是在去之前，还是想喊你一声，亲爱的人。

是我。

当别人说"你不能写"

亲爱的人：

这或许是离开之前写给你的最后一封信。有时候我甚至会想，如果有一天我完全用英语写作，给你写下的这些信会不会是我用中文最后留下的东西？

大概是两周以前，我见到了非常钦服的作家李翊云。很多朋友问过我为何这么喜欢李翊云，这一言难尽，我需要搜寻一个比方——比方说，以前听张怡微学姐说过一次她为何喜欢蒋晓云，因为蒋晓云写的上海让她感到很焦虑，这种焦虑从未有过，蒋晓云甚至没有任何的上海经验，连上海话都是在西门町跟人学的，笔下的上海气息却没有半分捏造。我不知道我是否误解了怡微的焦虑，因为人与人之间几乎难有百分百的理解，然而焦虑这个词也是

我会用在自己对李翊云的阅读经验上的，她的中国故事让我焦虑。

我痴迷《千年敬祈》（*A Thousand Years of Good Prayers*）这个短篇集，不仅痴迷同名的短篇小说《千年敬祈》，也深爱着其中的另一个小说："Extra"，姑且译作《零余人》。这个故事的主角是个工厂倒闭后下岗的女工，她年纪很大了，让她出去独自谋生几乎不可能，在热心的邻居的帮助下，从未嫁过人的她竟然草草地嫁给一个罹患阿兹海默症的老人，那个老人根本不知她是谁，而当那位老人洗澡时滑倒死亡，她就被这家人随意地打发出门，到北京郊外的一所私立学校当校工。李翊云在描绘这位女工的心理时尤为高妙，因为她从未真正爱过，所以在和人的亲密相处中，她时常生出爱的错觉来，比如帮那位名存实亡的丈夫洗澡擦身时，又比如后来在私立学校为一个小男孩厮守着他不可告人的隐秘时。

大约有两年的时间，我到处找人聊天，聊20世纪末国有工厂转制的往事，聊工人下岗后人生的变轨，当我读到"Extra"，我很难形容我的感受，这就是我一直以来心心念念想写的故事，然而早就有人写出了，而且写得完美无瑕，李翊云已经宣告了这一题材的完成。

所以你知道当她回信说愿意和我聊一聊时，我有多兴奋了，我还期盼能从她身上获取一些一手经验，最基本的却也是最不可思议的，她的英语怎么可以跟英语母语者一样好？除了给正午故事做的那个访谈[1]外，她还和我分享了很多她在艾奥瓦的经历。然

1　后附《李翊云：写作的两种野心》。

而更多时候，我越是倾听，越是发现他人的经验对自己的裨益是那样有限，原来人与人之间的不同是那样多。

如果你读了访谈，你会知道，她是一个多么沉得下心来的人，她每天要读十小时的书，每年都能把托尔斯泰的《战争与和平》重读一遍，并且，她还是个天才式的人物，她转向写作的初衷在于：科学研究对她而言太简单了，缺乏挑战。

是的，你看到的是一个分分钟被学神碾压的我。

倘若这是在过去，我听到这些时焦虑肯定会加深，因为当我阅读更多的李翊云的作品，我真的会这么想：在美国，有她写就足够了。然而，现在的我反而很高兴，每个人都不一样，所以每个人的作品也都会闪现着个性的光芒，正如她在访谈中回答我的问题，会有少数人写出了所谓的"工作坊小说"，但更多的人写出了截然不同的东西，比如她和朱诺特·迪亚兹（Junot Diaz）写的东西就不一样，她和任璧莲（Gish Jen）写出的也不一样。

和她聊得越多，越发现我之前的很多困惑和疑虑都是不必要的——这话显然是事后诸葛亮，疑虑和困惑需要前人的提点，不然还会是放不下的包袱，像禅语中小和尚记挂着的那位被师傅抱过河的美女，师傅早已放下了，放不下的是他自己。我做采访前还问了她一个问题，一问出口我就感到这个问题愚蠢至极，幸而没有引起她的嫌恶。

我问她：如果有人认为你的作品代表中国，并且认为你没有提供一幅完整而真实的中国图景给世界，你会怎么回应？

她后来在访谈中也谈到了这种误解，她称之为"有意的误解"，

实际上近于中文的"曲解"——没有人能代表中国，没有人能提供一幅完整而真实的中国图景，她还引用了一句前人的话语，回答道：作家有"不忠"这项特权。

这句话放在当今中文语境中来探讨十足有"政治不正确"的危险，但是它在文学和艺术界就是一条板上钉钉的真理，并非鼓励你去充当不忠之人，而是鼓励你去怀疑、反思、遵从内心的真实，我们现在用了一个更中性且看起来更无害的词汇来替代：独立。我们有各种各样的独立出版人、独立艺术家、独立作家、独立音乐人，但如果我们没有意识到"独立"二字背后潜藏的风险，那么这个"独立"不过是个花哨的名头，沪语说，摆摆野人头。

而那风险对于我们而言是每分每秒都可以感受到的，并不仅仅是 Gish 所言，我们被柏拉图驱逐出理想国。

前几封信里我跟你提到过 Gracie，后来我才知道她和 Gish 一样，本科毕业于哈佛（自从认识她之后，我就不再觉得自己小说中捏造哈佛学生的桥段会给人感觉很假）。Gracie 说她写过一个中国农村的故事，写一个女子在农村学会识字、算数，最后把几个孩子培养成为杰出学者的故事，而当 Gracie 的父亲偷看这篇刊登在美国期刊上的英语小说时，她父亲对她说：你写得完全不对，你根本不可能了解中国，一个中国农村妇女怎么可能凭一己之力学会识字、算数，最后还能改变命运呢？

Gracie 当然有被苛责的理由，她五岁就来到美国，她是个地地道道的美国人。但 Gracie 没有被父亲唬倒，她说：我写的就是你的母亲，我的奶奶的故事。

她的父亲一下子唬住了，但没有退却，反而说：你的奶奶是个非常特别的农村女人。

Gracie问：我为什么就不能写一个非常特别的中国农村女人的故事？

第一次和Gracie深谈，在南京西路上的一家日料店，她告诉我，她来到这里，感到很熟悉，因为她应当就出生在这附近，只是上海的变化翻天覆地，她已经找不到儿时的住所了。那天她和我聊起黎南（Nam Le）的小说集《船》，说黎南的父亲对他说的"你写不了越南船民，你两岁就长在澳大利亚，你根本不了解那里"，这与她父亲的语气如出一辙。

当然黎南也不会就此罢休，他的《船》里不仅写了越南，还写了广岛，写了纽约，写了德黑兰，写了世界各地各种人的故事，最后这本书结集，仿佛是在对他的父亲宣告：你看，我不仅能写越南船民，事实上，我什么都能写！

在这种时候，我特别感激自己能被艾奥瓦接受，因为我碰到的困境也在这里，身边的人拼命告诉我，你只能写上海，你只能写好上海，你把上海写写好就够了！

Gracie说，他们就是这样，假如你写了一个20世纪初中东的故事，他们会问：你连中东都没去过，怎么能写这个故事？但他们不会问：你连20世纪初都没有去过，怎么能写这个故事？——所以，不用在乎。

李翊云对我说，你在工作坊里会遇到很多人出言不逊，甚至出口伤人，但你不用太在乎，你自己心里要有一杆尺。

去年这个时候，我为"网易·人间"采访了几位盲人朋友，我们聊到娄烨的电影《推拿》，他们都很反感娄烨过分强化身体欲望的特异视角，听我说这是娄烨的一贯风格后，其中一位盲人朋友小溪给出了特别中肯的评价："问题不在于这部电影本身，而是目前市场上，表现盲人生活的电影太少了，于是这部电影一出来，大家就以为这部电影代表了盲人的生活，大家看了电影以后，会觉得盲人就是这个样子的……"

小溪还说，有一天，他接到以前工作过的盲人按摩院的老板打来的电话，抱怨不知道为什么生意一下子变差了，小溪说："你去看看，会不会跟最近的电影《推拿》有关系？"

即今想来，海外写作中国故事的作家或也遭遇同样的尴尬。事实上，他们高度个人化的视角和娄烨一样，并没有错，艺术家尽可以展现个性化的趣味和风格，最大的问题是现今在海外写作中国故事的人不是太多，而是太少，正因为太少，所以一经出版就被贴上"代表"的标签，使得中国的印象，或者华裔作家的印象单调而刻板。

当然，即便故事的版本更加斑斓，有意和无意的误解仍旧会存在，仍旧会有人苛责作家在贩卖自己的国家和文化，但是，这都不重要。我喜欢 Gracie 引用她的导师，澳大利亚作家彼得·凯瑞（Peter Carey）的一句话：你尽可以去写你的国家与文化，哪怕是那些最诡谲最绚丽的故事，只要你自己心里明白，你没有"搭便车"（take free ride）就行了。

"心里有一杆尺"是这么重要，不仅让人有坚持写作的动力，

还能让人抵挡他人的误判，但这个很多初学者就明白的道理，我竟然需要兜兜转转一大圈才能恍然。

离开前一直都忙着录网络课程，忙毕竟是件好事，因为一忙起来，就不会这么想你。

是我。

附:《李翊云:写作的两种野心》

采访／钱佳楠

李翊云（Yiyun Li），美籍华裔作家，首部短篇小说集《千年敬祈》获得 2005 年弗兰克·奥康纳国际短篇小说奖，上榜《纽约客》"最值得期待的年轻作家"，2012 年获美国"麦克阿瑟天才奖"，2013 年担任英国布克奖评委。著有《千年敬祈》《金童玉女》《漂泊者》等。现任教于美国加州大学戴维斯分校。

一

正午:您早年曾在美国艾奥瓦大学的作家工作坊学习，您提

到过有位老师教授文学技巧，前三节课简直惊为天人，而后则更多重复前三节课的内容，您还记得他教了哪些技巧吗？

李翊云： 他说了很多你从来都不曾想到过的技巧。比如写作的时候要把句号放在一行的中间，这样可以既作为前一句的终止，又让读者开启下一句的阅读，不会让读者暂停阅读。再如，小说的第一个段落完全不需要，因为读者根本不需要"热身"，而应直接投入你的故事。再比如如何设计小说的情节，设计人物之间的冲突。这些东西，我当时听了以后还挺受启发的，但是我觉得这些东西你很快就学会了，也不是很重要。

正午： 您回忆艾奥瓦的岁月特别提到过玛里琳·鲁宾逊和詹姆斯·艾伦·麦克弗森，您说您受到的最大启发并非来自文学技巧的训练，而是跟随这两位普利策奖得主阅读文学作品，能不能分享一下他们是如何教阅读的？

李翊云： 玛里琳·鲁宾逊每个学期都会开阅读课，我在艾奥瓦的时候，有一年她教了《圣经》，还有一个学期教了新英格兰诗人的诗作，包括艾米莉·狄金森、梭罗等，还有一年她教了《白鲸》，另外一年她教了威廉·福克纳。说实在的，在美国，像玛里琳这么有智慧的人可能不会超过一百个，你自己读《白鲸》和她跟你一块儿读《白鲸》感觉完全不同。比如说，她讲《白鲸》的时候，她一节课就专讲某一章节，她就给你解释，把你领到作者的方位去。我觉得我理想中教写作的老师就应该像玛里琳这样，能够教你怎么阅读，我跟玛里琳在一起受到的最大的启发就是怎么读书的启发。詹姆斯·艾伦·麦克弗森也是一样的，比方他会

教《一千零一夜》，同时与《一千零一夜》一起他还会教两本哲学书，就是他们想的东西和其他人不同，写作技巧是很小的一环，他们思考的是很大的事情。

正午：您现在在加州大学戴维斯分校任教，您说您也会带学生去阅读不少经典的作品，如契诃夫、莫泊桑，您会如何引导学生阅读？

李翊云：美国作家工作坊里的学生都很有野心，他们总想写得特别好，对他们来说出名是很重要的。然而，出版其实是写作中非常细微的一件事。我有时候作为教师会很惊讶，比如十个研究生中没有一个读过《包法利夫人》，在我看来这是不可原谅的，因为我觉得，你不读这些经典，怎么能够写书呢？我就会带学生读这些经典，但因为我教书的时间不够，所以我会这样做，如果学生跟随我一个学期读一本托尔斯泰的小说，或者读《包法利夫人》，或类似的经典，如果他们读了，我会给他们额外的时间交期末的作业，算是一种激励措施。

在课上，我有时候会带他们读一些短篇作品，比如契诃夫，契诃夫很难教，坦白说，契诃夫是教不了的，能够悟到的学生就悟到了，悟不到就悟不到了。契诃夫有个特别短的小说，就两页的篇幅，似乎是题作《苍蝇》，讲一个小公务员在节日里还要干活，其他人都休假去了，他一个人很无聊，看到墙上有一只苍蝇，他就用手去弹苍蝇，一下把苍蝇给弹死了，他的心情就好多了。然后就要给学生解释为什么这个短篇好，在于这个小人物的权力，他手里就握有这么一丁点儿权力，他也要用一下。我一直觉得契

诃夫比较难教，我到现在也不清楚怎么教契诃夫才是最有效的，但我一直坚持让学生阅读。理查德·福特 (Richard Ford)，一位美国作家，他编过一本契诃夫短篇小说选，在前言部分他写道：他到四十岁才知道怎么读契诃夫。在大学里也是，大家都说好，他却看不出哪里好。契诃夫很挑读者，契诃夫的读者是年长的读者。有时候，我也教本科生读契诃夫，他们会说没有意思，而我的观点是这样的——这个观点实际是从玛里琳那里沿袭过来的，玛里琳说，有的学生当年读书的时候不懂，十年之后他们就会懂得，会跟玛里琳说：我终于懂得你说的话是什么意思了。我觉得就是这样，我们中国人有句话：师傅领进门，修行在个人。你只能对学生说：这个小说是好的，或许他现在看不出，但过了十年，他就会知道这个小说确实是好的。

我以前遇到过一个学生，他跟我的关系特别差，因为他总是反对我教的内容，我也认为他说的都是很糟糕的东西，我俩就这样僵着。后来，很多年以后，他给我发了一封电邮，他说：你可能不记得我了（其实我都记得），我现在才理解你当年说的话。事实上，老师就是这样子，没有必要去把学生"塑造"成什么样的人，他们自己会去领悟。

正午：您会教学生文学技巧吗？

李翊云：我不怎么教文学技巧，我会这样做，我会对学生说，这些东西如果你想学，我可以告诉你们。但是我教他们的更多还在阅读。

二

正午：在国内，由于创意写作这个学科在高校里建立的时间不长，不仅有很多声音在质疑"写作是否可以教"，还有很多声音认为，但凡拿到创意写作学位的人，他们的作品里必定留有文学技巧的痕迹，您怎么看待后者这种观点？

李翊云：首先，发出这些声音的人大多并不知道这个学科是什么样的，在我看来，这会是没有证据的一个结论，只是想当然。在美国，也有很多人持这种观点，有一种提法叫"工作坊小说"，我当年听到这个词就感到很惊讶，我在想，我们上学的时候，有各种各样的作者，各种各样的书，可能有这么五个学生，他们写"工作坊小说"，但是也有二十个学生，写的东西都是不一样的。事实上，我觉得大家总是说"工作坊小说"是因为他们看到的小说或许不是最好的小说，他们凭什么就认为那可以代表作家工作坊呢？事实上，在美国有创意写作的传统，虽然不能说是全部，但大多数作家都接受了作家工作坊的训练，而每个作家的风格都很独特。比如说朱诺特·迪亚兹，他写的作品和我的完全不同，而任璧莲和我写的也完全不同，所以我认为文学技巧——中文叫"文学技巧"，英文叫"Crafts"——这个东西在创作中是个微乎其微的东西，如果读者只看到文学技巧，或许是他们没有读到好的书，或许就是他们想当然了。

正午：会有不少人将技巧和一个人的才华联系在一起吗？

李翊云：对。事实上技巧很好掌握，我会鼓励我的学生写"不

讲究精致的小说（Messy Story）"，不需要中规中矩，不需要整齐划一。你写的这个小说，很多时候就像生活一样，很多东西并不具备意义，也并不是每个蝴蝶结都必须结住。我教过两个年纪比较大的中国写作者，他们会说小的时候接受的教育是，前半部分要精心设计好主旨，然后到关键的地方，打一个蝴蝶结，我就觉得这样的小说没什么意思。

正午：我的朋友和我都感慨现今的短篇小说有一种模式，我们戏称其为"不了了之"的模式。举个例子，我的作家朋友顾湘现在住在乡下，她有一天出门，恰好看到两个青年男人在河边商量如何把鱼钓上来，他们想了很多方式，五花八门的，但最后说："太麻烦了，我们还是不钓了。"我们在想，如果我们为两个人物加上他们各自的小传，含在这个叙事结构里面，小说尾声描绘他们的背影之外，还描绘他们所在的这个中国乡村的景象，那会是一个非常典型的"纽约客风格"的短篇小说，也是现在中国年轻写作者奉为偶像的雷蒙德·卡佛（Raymond Carver）的小说，您如何看待此类短篇小说套路？

李翊云：我觉得这里是两个问题，雷蒙德·卡佛是一个问题，《纽约客》是另一个问题。首先，雷蒙德·卡佛的小说不是雷蒙德·卡佛的小说，是他的文学编辑戈登·利什（Gordon Lish）的小说。事实上，雷蒙德·卡佛的作品，你要去看原稿的话，是现在两倍到三倍的篇幅，是戈登·利什把它改成了现在这样子。卡佛的第一本书几乎被利什全部删掉，也是利什把卡佛塑造成了一位名扬四海的作家，卡佛对此也有不满。《纽约客》曾经刊登过卡佛

《当我们谈论爱情时，我们在谈些什么》的原稿，我在课上把原稿和经过删订的版本同时发给学生阅读，然后我问学生，你们觉得到底哪个版本好？绝大多数学生都认为是原稿更好。因为在后来的这个版本，有很多非常精彩的部分都被删掉了。戈登·利什的风格就是如此，任何一个人在卡佛这个位置都会感到非常难受——不是自己的作品，却出名了！所以卡佛后来和利什的关系就闹得特别僵，卡佛的最后一本书执意要出自己的原稿，而非利什的删订稿。这是一段文学史，如果这段历史中国的年轻写作者不知道，就会真的以为那就是雷蒙德·卡佛的小说，但其实不是这样的。

另外，即便对于这个被利什删订的卡佛版本，我每年都告诉我的学生，卡佛创造了很多很多糟糕的作家，在美国也是一样。我会说：在我看来，卡佛确实有很多非常棒的作品，但你不需要写成那样。一方面，我不惊讶，中国的很多写作者也在模仿他；另一方面，我惊讶于卡佛已经被模仿了几十年了，我们为什么还要一再模仿他呢？他并不是唯一一个好作家。

正午：会不会是因为卡佛比较容易被模仿？

李翊云：对，我觉得就是这样子。我认为凡是容易被模仿的作家都不是大师，像玛里琳就不能被模仿，托尔斯泰也是，大师之所以是大师就是因为他们不是每个人都能够效仿的。当然，这只是我个人的看法而已，我认为卡佛是一位出色的作家，但还不是大师。

讲到"纽约客风格"，这个东西就很有意思，大家总说存在"纽约客风格"，但这个东西我也不清楚，因为我的小说风格和其他《纽约客》作者的小说风格也不一样。比如有时候有朋友说，

这是个"纽约客小说",我就会反躬自省一下,我写的是不是"纽约客小说"?答案是否定的。在评选全美最值得期待的二十位小于四十岁的作家(20 under 40)时,《纽约客》的编辑说:我们这二十位作家风格如此迥异。我很同意,所以当大家说"纽约客风格"时,我并不同意,但是,不管任何一个杂志,《纽约客》或者其他,都是有自己的喜好的,像我和我的朋友编杂志,我们也偏爱某一类型的小说,所以一份杂志发表的作品会彰显这份杂志的风格,我觉得是这样的。

三

正午: 有一种说法是今天的社会太过平庸无聊,所以"不了了之"的叙事模式,或者碎片化的生活就是生活的全部。中产阶级除了写写婚外情几乎没什么好写的了,很多人都感慨现在的生活里缺乏故事,您会如何看待这种说法?

李翊云: 我教书的时候经常需要在故事(story)和处境(situation)中做区分。我觉得处境永远都在,无论你置身何处,你都可以洞察到处境。

比如说我有次坐飞机,去华盛顿特区的机场,我到得太早,看到一位带着三个女孩的母亲和我一样在等候,三个女孩是上中学的年纪,她们躺在椅子上睡觉。这个母亲对我说,她是单身妈妈,她想带三个孩子去新奥尔良的迪士尼乐园玩——我的先生说我经常有这种能力,就是和别人聊了一会儿,就基本知晓了别人全部的生

活。她说的几件事我觉得都是处境，单身母亲是一个处境，三个小孩、省钱、出去玩，这也是一个处境。她说那天早上，她们两点半起床，因为要赶一趟火车，她们住得离机场很远，乘火车来机场还要花一个半小时，三个孩子特别懂事，她们在出发前一天就列了一张清单，她们列的清单不是需要打包的东西，而是所有家里的电器！她们跟随这张清单确认她们把所有电器的插头拔下来了。她说她凌晨两点半起来，没有去催她们，她们就已经拔下家里所有电器的插头了，这里就是一个故事。而后她接着说，送她来的这个人是她的一位男性朋友，她说她觉得让他这么早起来挺过意不去的，她的这位朋友说：没有关系，我说好三点钟准点到你们家门口就一定会做到。这个男人是个修车的。她说那天凌晨她看着表的指针指向三点钟，他的车就开到了她们家门口。我觉得，这也是个故事。

所以，处境就是处境而已，而故事是你从这个细节里知道只有这个人会这样做事情。或者这么说吧，处境永远是相似的，你放眼海内外，中国，美国，其他地方，中产阶级，或者穷人，同一阶层的处境基本雷同，但是你要细看，故事是不一样的，每个地方、每个人的故事都不同。所以我的观点是，每个时代总是会有很多故事。

正午： 故事和小说的区别呢？有种说法是，小说不是讲故事。

李翊云： 故事和小说在我看来没有区别，一个好的故事本来就可以完成讲故事以外令人震撼的效果。一个好的故事，借用艾米莉·狄金森的话，就是你看完之后会感到自己的头皮被削掉一般。这种头皮被削掉的感觉，就是一个好小说在讲故事之外已经传达的意旨。

还有可能是语言翻译的问题，在英文中，短篇小说（story），长篇小说（novel）和虚构文学（fiction）除了长度以外没有区别。

正午：我还联想到非虚构，现在中国国内也掀起"非虚构热"，您也获得过非虚构写作的艺术硕士学位，在您看来，现实主义小说和非虚构作品的最大差异在哪里？有什么是这两个文体各自无法被对方取代的特质吗？

李翊云：现实主义小说允许虚构，非虚构不允许虚构，此外就没有太大的区别。在美国，尤其是男性读者，他会很骄傲地对你说：我从来不读虚构作品，我只读非虚构，似乎暗示了这两种文学门类有高下之分。在我看来，虚构作品完全可以比非虚构作品更真实。非虚构也是有视角的，并不全然客观。在美国，很多作家都同时写虚构作品和非虚构作品，玛里琳·鲁宾逊就是如此。

正午：您在一次接受艾奥瓦大学电视台的采访中也提到，当代中国的城市文学有这样一个怪谲的现象，很多小说都发生在星巴克咖啡厅，简直可以称为"拿铁小说"，这是令人感到惋惜的，您期待的中国当代城市文学会是怎样的？

李翊云：这个采访是很多年前了，我看了一本书，就感慨：大家怎么都去星巴克喝拿铁呢？我想现在很多年过去了，可能情况会有变化。在美国也会有这样的小说，就是在品牌名称上大做文章，仿佛品牌就代表了阶层、脸面等。我想，一个作家可以这么去写，如果他享受这个写作过程，因为写作者可以写任何他想写的东西，然而读者也应当有权选择拒绝读。我觉得真正的文学，比如说你提到的中国的城市文学，我不知道自己的期待会是怎样

的，但是对所有的文学，无论是城市文学或是其他，无论是中国还是外国，我认为真正好的文学在于，你读他写的这个人，好像就是你一直想写却始终没有写出来的——他说了我想说的话，他写了我想写的东西。或者说，这位作家写了这个故事，他的视角看起来是很明显的视角，为什么偏偏我没有看见呢？事实上，正是因为这并不是一个很明显的视角。好的小说能够让你用一种全新的方式重看你所熟悉的生活。

正午：如果给期待成为作家的年轻写作者提一些建议，您会提什么建议？

李翊云：第一就是读经典作品。第二是年轻写作者都很有野心，但野心分两种，一种是渴望出名，另一种是自问能不能写得像契诃夫这么好。后面这个志向其实很难达到，是一种更大的野心，我希望年轻人更多要有后面这颗野心。

四

正午：您典型的一天会如何度过？如何安排阅读和写作？

李翊云：我现在已经没有典型的一天了。我以前有，刚开始写作时有，因为小孩很小，我就在夜里写作，午夜十二点到清晨四点钟。现在孩子大了，事情更多，孩子吃饭、上学等各种纷杂的事项。然后，你会有各种截稿的期限，比如需要写书评，写约稿之类。有一件事情我从来不做，我从来不参加派对，我很少出去应酬交际，因为这些太花时间，所以凡是不必须的事情我都不做。我没

有任何社交网络账号，我不用脸书，不用推特。但是有一件事是我每天要花很长时间来做的，就是阅读。有朋友问我，你每天花多长时间看书？我说，大约十小时。她就很讶异。我早晨六点起来，第一件事就是就着一杯咖啡看书，我每天都读《战争与和平》和《白鲸》，阅读了一会儿后，为孩子们准备早餐，等他们都上学去了，我就开始写作，从八点写到十一点就会有些疲惫，那就会从十一点起看书看到下午两三点。这个和以前不同，以前很年轻的时候，可以一天写八小时，而现在就写三小时左右，那么下午到晚上要做什么呢？那就只有看书了。不过我又觉得看书才是最主要的。

正午：写作时会有怪癖吗？

李翊云：似乎没有。我觉得这与我有孩子有关。我是有了孩子之后才开始写作的，如果你成为母亲，你就没有任何的特权，我家里也有书房，但我从不去书房写作，我就坐在我们家那张餐桌上，为什么呢？因为孩子很小的时候，他们需要时刻看见你，所以我就会坐在那里，一边写作一边跟他们聊天。所以就是这样，不需要有怪癖，也没办法有怪癖。

正午：和孩子们聊天不会影响您写作？

李翊云：有时候他们就会说我不理睬他们，那是因为我在想事情嘛。

正午：您会使用写作软件吗？

李翊云：我只使用微软的 Word 软件，我知道有其他写作软件，但我不用。

正午：您会遭遇"写作困难"吗？

李翊云：写作困难，英语中应该就是 writer's block，大家都在谈论的一个术语，似乎作家都会遭遇。我感觉人是会发生变化的，在我年轻的时候，会有压力，觉得每天都要写，一个星期要写满五到六天，但是后来我发现，这样你会给自己更多压力，压力没完没了。生活会变得越来越复杂，事情越来越多，你做不到每天都写，也不可能保证每天都有产出。如果你觉得压力很大，就会感慨写不来怎么办。现在的我比以前好一些了，如果今天写不了，那么明天再说吧。我记得作家石黑一雄在一次采访中说，人的一生中能够写出的作品数量是有限的。我觉得，是啊，可以悠着点儿写。

这么说或许有些滑稽，因为我一般都不怎么出门，所以我绝大多数时间在阅读，而我读的大多数作品都来自那些已经去世的作家。有时候我会想，他们写出这么好的作品，却不知道往生以后是不是还有人读。我经常阅读作家的书信和日记，比如契诃夫，你会发现，他在他的人生中也是很无助的，但这没关系，写作是你的职业，"作家"这个名头本身没什么独特的地方，我认为作品是更重要的，这么想似乎压力就会小一些。

正午：您是什么时候决定成为一名作家的？

李翊云：我是 30 岁才想当一名作家，以前没想过当作家。我在艾奥瓦大学念的是免疫学博士学位，其实，我很擅长做科学研究，但是研究对我而言反而太容易，缺乏挑战，我会感到，以后就是这样，我就失去了兴趣。我的导师对我说，你太可惜了，你再读一年就有博士学位了，你拿到学位再去干什么都可以。我对他说，我是个很诚实的人，如果我不用这个学位，我不想成为李

博士，因为你拿到博士学位后就会终身被人叫作某某博士，而我不想成为某某博士。他听了特别理解，他说，那你就走吧。

正午：放弃博士学习转到作家工作坊，这个过程中需要承受来自家庭的压力吗？

李翊云：我的父母肯定是担心的，因为中国的老人可能还是不很理解，为什么要做作家？我的先生比较理解，他觉得不想读科学就不要读，那就去作家工作坊试两年，他的意思是去试一试。

正午：通常，大家都倾向于认为不同的语言背后其实蕴藏着一整套截然不同的思维模式，在用英语写作的过程中，您有没有遭遇思维结构的碰撞？写英语的时候会有中文的思考模式干扰您吗？

李翊云：不会。我现在不太使用中文想事情。刚开始用英语写作的时候也不会有干扰，我一开始写作就用英语，而且我在成为作家之前就阅读了大量的英语作品。

正午：西方的读者读您以中国为背景的小说会产生误解吗？

李翊云：会有的。有两种误解，一种是有意的误解，有意的误解在于：一部分读者认为，你写的东西就代表中国，出于一种认知的局限，就会产生这样的误解。还有一种是无意的误解，因为对文化背景不了解，这种误解几乎是难以避免的。

比如我写了一个作品，故事里的母亲口口声声称自己是好妈妈，她说："我女儿四岁的时候，过春节我还给她买过一件新衣服呢！"事实上，中国人知道，中国的孩子过年都要穿新衣服，所以这个妈妈这么说，那她实际上是个很糟糕的母亲。但我跟我的编辑朋友这么说的时候，就发现她并没有理解这一点。然后我就

说，要不删掉吧？她问：为什么要删？我说如果不删，我还需要加一句解释这个细节，我不想解释，后来就删掉了。这些是难以避免的，你只能用别的方式来写。

正午：我们知道，海外的华裔作家大多还在写作中国的故事或华人移民的故事，而非像石黑一雄写《长日留痕》或翁达杰写《英国病人》那样，完全跳脱自己的身份和背景。不过您之前提过您将来可能会写一部作品，主人公不是中国人，也不是中国移民，这是一个写作计划吗？

李翊云：会有这样的作品，比如我现在写作的这本书。写作的发生很微妙，有的时候有个文集想约你写一篇稿，我一般不喜欢类似的约稿，但因为这个编辑我认识，我想我就写一篇吧，等我写完了，才发现里面没有中国人，这是事先未曾计划好的。就在前两个月，我还在与《纽约客》的小说编辑聊天，我说，我都写完了，才发现里面没有中国人，你一定会奇怪是怎么回事。我应该写些中国故事，或是中国移民的故事，怎么故事里没有中国人？

那篇稿子是一个短篇，算是有点"应景写作"，我一般不把应景写的作品收到我的短篇集中，后来我就从那儿开始把这个小说往长篇写，这个主人公是其中的一个人，结果，写到现在为止，还没看到有中国人出现。

正午：最近会有新书问世吗？

李翊云：会有一部非虚构的作品即将出版，题为 *Dear Friend, from My Life I write to You in Your Life*，题目取自《曼斯菲尔德笔记》（*Mansfield Notes*）。

那个画《地狱变》的人，是我

亲爱的人：

最近的几个月，每次给你写信都感到这随时可能会是最后一封信。

你可能也知道了，我开始给《纽约时报》供稿。事情还得从《纽约时报》的编辑在晨间简讯里推荐我发在 The Millions 上的文化随笔说起，她在之前的一天就给我发了一封邮件，希望我有时间也能给他们写点东西。

但我不会预知我给他们写的第一个稿子竟是这一篇，那是最绝望和无助的一个晚上，得知母亲生病，也得知她因为不想麻烦人而把这个消息压了整整一周（不仅是我，而是连任何亲戚都没有告诉），等到得知时一切已覆水难收，渴望补救又时时陷入求

助无门的窘迫，深感自己的无用。于是，我把这些随手写下的东西直接发给了我的编辑，还在信里说：我没有跟你商量过我要写这个，这都是些随感性质的东西，要是太随意，就退掉没关系。第二天早上，编辑回复说她喜欢，会送审，又过了一天，她告诉我他们三天后就想登，发来了作者合同。最终见报拖了一周，是因为稿子被 Sunday Review 的编辑"抢走了"，要用到星期天的报纸上。

与担心、伤心、痛心同时到来的是我一瞬间对一种叫作"命运"的东西的愤怒。那天晚上，在写文章之前，我先是给导师，而后是一位华裔好友写信，我说我心里除了担心，真正的恐惧在于：我不希望同样的一幕在我身上再度上演，我怕每次自己觉得快要伸手够到什么的时候，就会有种说不清道不明的力量把我拽回原点。或许现在的年轻人很少再有这样的经历了，因为贫穷读不起书，自己打一出生，就是全家人挣脱困境的唯一希望——我大概从没有原谅过自己离开伦敦，没有原谅过自己要用好几年的时间工作赚钱安顿家人才能再申请离开，并且直至现在，我用英语写作也是跟自己赌气：有一天要以作家的身份重新回到伦敦。而今，我不希望将来自己的心愿单上又多一样，要以作家的身份重来美国。

你看到了，这些愤怒都是"我"，都是一个野心勃勃的人对自己的未来锱铢必较，这其中没有给家人留位置。虽然第二天，我就跟表哥说，我应该不申请博士了，现在母亲情况稳定，我教完这学期最后一节课就回来，请你们先帮我照顾，再给我这最后一

年的时间，让我尽可能完成我想做的事。那几天，和所有离家在外担心亲人的人一样，我也是整宿整宿落泪，我想到，或许自己人生中最快乐的日子就是和母亲一起饭后散步，或者在家里一起连看 TVB 的老剧，母亲是我最后的爱。然而，我深知自己有着不可一世的另一面——"温柔乡是英雄冢"，我渴望飞得更高，更远。

我记得外婆身体不好的那几年，母亲拉着我从浦西赶到浦东，当时觉得简直跋山涉水，外婆离开前有着种种照顾不到的时候。我记得母亲跟我说过两句话，第一句是"你以后住得离我近一点"，但是她稍微想了想，又补了第二句："没用的，你以后有了自己的生活就会明白，永远是一代人欠了一代人。"

我记得十多岁的自己信誓旦旦地打保票，说自己不会。而今的我隔了一个大洋，还无情地要求她再给我一点时间。

上学期跟着保罗·哈丁重读《李尔王》，忽然有这样的感悟，兹摘录如下：

莎士比亚的"四大悲剧"，我向来最不喜欢《李尔王》，因为剧中人物落入了童话里原型人物的俗套。剧目甫开场，李尔王的三个女儿一张口，我们就已预见接下来会发生什么，李尔王一定会被两个巧舌如簧的女儿虐待，而最善良的小女儿虽然会被重新"发现"，但一定不会有善终。

这一次，或许是读原文的关系，竟然读着读着就不自觉地淌下眼泪。我留意到年轻时忽略的细节——李尔王并非惨遭孩子抛弃的可怜老头儿。他的长女高纳里尔怠慢他的理由很充分：一来，

父亲老糊涂，连平日最疼爱的小女儿都可以说不要就不要，很难说不会对自己做出什么事来；二来，父亲的一百个侍从在自己的领地上为非作歹，快把这儿变成赌场和妓院了，她必须阻止事态进一步恶化。从这个角度看，《李尔王》的悲剧首先是成年儿女不知如何面对既缺乏智慧又性格乖戾的年迈父母。

中国因为自古是农耕文明，向来讲究尊敬老人，也将老人的生活经验视为智慧，于是年长的父母仍然可以有足够的资历调教成年的孩子。然而，即便有此传统，现代社会实际展示的是相反的真相，时代的巨轮滚滚向前，年轻人势必比老人更适应新的变化，年龄常常就是优胜劣汰的筛漏。甚至，韶华易逝的人早就心知肚明，一如玛丽·霍普金在经典老歌《那些日子》里唱的："我们变老了，可是没有变聪明。"

因而，高纳里尔和里根的问题有点绕回了类似儒家孝道的问题，这个命题在现今的中国仍未退场。面对比自己愚笨的父亲，她们面前有两条路，一是"子为父隐"，"无违"地侍奉他，如此，她们会失去自我，成为一套陈旧体系下的傀儡；另一则是剧中她们的选择，抛弃父亲，不让他挡住自己的成就、野心和欲望，她们的自我会绚烂绽放，但她们将背负道德的谴责。

年轻时会无意识地用非黑即白的视点审视人物，高纳里尔和里根无疑是"坏女儿"。而今，我却感到她们的"冷血"不失为象征，是她们选择与父母决裂后必将面临的道德困境。先撇开这两个女儿的过分行为不说，即便不这么绝情，但凡离开父母，心中定会有歉疚。我记得高中语文课上，我的老师读着史铁生的《秋

天的怀念》就潸然泪下，说起她离家到上海闯荡，只有过年才回家一次，而每一次回去都发现父母在加速地衰老。一个留学生朋友被美国男友求婚时悲喜交加，喜固然是因为这是她的幸福，但同时也悲伤未来注定与父母聚少离多——在这些追求自我的背后，或多或少都隐着对父母的抛弃。

当然，莎翁并未点到即止，他还有更犀利的怀疑——所谓的"追求自我"会不会沦为"作恶"的遮羞布？所谓的"理想"是否只是自私和贪婪的虚饰？《李尔王》里，高纳里尔、里根以及暗算生父和长兄的爱德蒙都被永远无法满足的欲望驱使着走向更深的罪恶，高纳里尔甚至因嫌弃丈夫"怯懦"，移情爱德蒙，想与后者合谋杀死丈夫。而这些道德的深渊都始自对人类最基本的情感纽带（父母子女之爱）的拒斥：当孩子可以为了自己的将来抛弃父母，他有什么不能抛下？他有什么做不出来？

这是怎么选都会悔恨的人类困境，怪就怪这种最深切的爱偏偏是以分离为目的。戏剧尾声，李尔王抱着小女儿考狄利娅的尸体，呼喊着："哀号吧！哀号吧！你们都是铁石心肠的人！"然而，我们又不得不承认，正是靠着这副铁石心肠，人类才能头也不回地往前走。

我的母亲当然和李尔王不同，她一生劳苦，几乎凭一己之力支撑这个家——很多年后，她笑着告诉我：在我爸二度下岗后，她拿着自己亲手绣的枕套、床单去菜场前摆摊帮补家用的往昔。而今，我到底成了不肖子孙。我承认，也无意掩饰这一点。并且，我虽然

深知人类情感的重要，但是在亲情和文学，在爱情和事业中，我其实不止一次地选择了后者。如果我某个阶段选择了前者，到头来一定憋屈，一定再度逃离。

上中学时常常讨论摄影师面对灾难应当先救人还是先举摄像机，我想，现在的我一定是先举摄像机的人。更可怕的，我骨子里可能也是芥川龙之介小说《地狱变》里的画师良秀——倘若可以，我简直想住在现在正在写的东西里。已经是两年前了，当时著名的美国华裔作家任璧莲半开玩笑地说：我们这些人（作家）是被柏拉图的理想国驱逐的人。最近的我在翻译奥康纳的散文和书信，看到笃信天主教的她一再自嘲去不了天堂——"炼狱就是我最好的去处"。

所以不用担心，如我这样的人或也求仁得仁，我不够重视的，自然也不会眷顾我，公平得很。

是我。

登山的人，不问峰顶在哪儿

亲爱的人：

还未到十一月，我就已经穿起了羽绒服，需要冲热水袋才能安睡，天气预报显示周六就会下第一场雪——预感今年冬天会很难挨。

最近的种种，要从何说起？我感到我已被所在的语言和文化拉扯到遥远的彼岸，以至于我的经验将不再与你相干，以至于我对于你已成了汪洋上的一座孤岛，黑夜中的一稀星辰，仿佛能激起你心井的涟漪，其实并不能。

就让我从文学翻译讲起吧，我已经对翻译系主任 Aron 说：你改变了我的人生。

一切都始于我走进他办公室的那一刻，当时我在译朱岳会长

（民间称：秃顶会会长）的《我不幸的女朋友》。

和我的美国同学不同，因我的母语是中文，我天然地感到我有责任忠诚于原文，任何对原文的改动都可能是亵渎之举。然而，我以为的"原汁原味"的译文并没有得到美国同学的认可，他们觉得有些重复可以避免，有些句子可以压缩，有的地方可以更流畅。

——因为这些"原汁原味"造成的疙瘩，他们无法体会到原文应当具有的美感。

见了 Aron，他对我说的第一句话是："我需要你先把中文原文念给我听，逗号的地方小停顿，句号的地方停下来。"

就这样，我念了第一个句子。

Aron 是美国翻译家协会的主席，他学英诗出身，精通土耳其语、英语、西班牙语和法语，并不懂中文，但后来我发现，即便对于他不懂的语言，他都可以抓到里面的"音乐"（音部、节奏、抑扬，甚至语体风格等）。听完第一句话，他说："现在我会给你五种第一个句子的翻译版本，我想你告诉我哪个版本在神韵上最接近中文原句。"

就这样，我由着语感趋势，从 Aron 的演绎中"选"出了第一个段落，于是我们的译文成了这样：

I walked into Ward 6. The emptiness made me uneasy. My girlfriend's bed was in the corner. When she heard my footsteps, she turned and smiled at me. I drew the curtains to let in the sunlight, then

took a chair and sat beside her.

（朱岳原文：我走进 6 号病房，里面变得空空荡荡的，这令我不安。我的女友躺在角落里的病床上，听到我的脚步声，就翻了个身，面朝我笑了笑。我拉开窗帘，让阳光照射进来，搬过小凳子坐下。）

宛如魔法，我发现一个独立的视角在英语中诞生了。"我"的视线慢慢从病房的全景挪到角落，再看到女友，而后触动了"我"的行为。对英语读者而言，这个叙事者"活"了。

仅仅关于这个段落的翻译，我大概就可以写一篇论文。仅以第一句话为例，乍看起来译文"扭曲"了原意，但是按照原文直译不仅啰唆，而且因为这是小说的开头，会让英语读者产生不必要的困惑——"变得"空荡，那么原本是怎么样的？现在的处理是我满意的，因为"空荡"本就和读者对病房的预期有反差，所以"疑惑"仍隐藏在读者的心里；同时，随着句子的紧缩，"不安"也被强化。

是在之后不断地翻译和修改的过程中，我才慢慢意识到一个道理：有时候你必须离开才能接近。

懂得这个道理固然令我欣喜，然而，困扰我的却是：我无法一蹴而就地把这个技巧化用到自己的翻译和写作中，因为我没有 Aron 的"眼睛"，也没有他的"耳朵"。

这让我产生有如坠入深渊之感。在此之前，我以为凭借一己的努力没有什么困难克服不了，而今这种依靠自我折磨以期提高

的方法不再奏效。无论是翻译还是小说创作，我需要英语母语者借我"眼睛"，借我"耳朵"。

Aron 说："你去找你工作坊的同学帮忙，让他们一个句子一个句子帮你看。他们都是这个国家里最好的作家。"

类似的话其实我的导师玛葛一年前就对我说过，那时我们坐在高地咖啡馆（High Ground）里，这个咖啡馆是工作坊学生的写作大客厅。玛葛瞥了瞥周围的同学，告诉我：我相信，就在此刻的咖啡馆里，很多同学都愿意帮你。你可能无法用相同的方式回报他们，但是你总有其他方式表达你的谢意。

——他们都不知道：请求帮助，给人添麻烦，对我而言才是天大的难题。从小到大，我逞强，死撑，表面上的自尊实际是自卑，因为总感到自己不够好，总怕自己讨人嫌。

我不知道这个性格上的缺陷竟然有朝一日会成为我写作路途中最大的绊脚石。

我是在抖抖索索之中开始寻求帮助的。之前花了一学期的时间和 Aron 一起反复推敲、精雕细琢的翻译被一家文学刊物接受，然而编辑发来的第一篇修订意见让我大失所望，他把很多地方改成了我已经弃置的"字面翻译"，我要据理力争，但又必须确认自己的语感是对的，于是我在工作坊课开始前请同学基能帮我看了第一页，他只动了两个地方，但让我大开眼界。

他把 "When she heard my footsteps, she turned and smiled at me" 改成了 "She turned and smiled at me when she heard my footsteps"。

他告诉我："我们现在更接近叙事者的视角。"确实，从叙事

者"我"的角度,"我"是从女友转头对自己微笑的那一刻才发现对方听到了自己的脚步。

这个改动让我叹服。

另一处是:

"No, you have it." She strained to prop herself up.

"You need nourishment. You eat it."

"Let's each take half, or I won't eat."

基能把这三句改成了:

"No, you eat it." She strained to prop herself up.

"You need nourishment. You have it."

"Let's each take half, or I won't eat."

朱岳原文:

"还是你吃吧。"她用尽全力支撑起身子。

"你更需要营养,还是你吃吧。"

"咱们一人一半,否则我就不吃。"

基能说,我不知道我为什么这么改,但是我从一个外国人的角度竟然明白了,中文的原文都是"你吃吧",但搬迁到英语显得

累赘（所以才有了前一稿把第一个 eat it 改成 have it），而且两个人物的声音无法分辨，如今基能调整以后，两个人的用词不同，声音会有不同。

基能本人也从事法语文学翻译，如今我请他每周课前都提前来工作坊帮我看句子，他欣然答应，他说：这很有意思，我随时都愿意帮你。

有了这种愉悦，我找到了罗伯，他是我之前非虚构研讨课的同学。他的不苟言笑让每周去找他"修句子"的我感到自信全无——我感到自己的英语真是烂到家了，竟然还在工作坊里写作，真是荒谬。

就在这个周一，我们的每周约见刚好持续了整月，忽然生出了聊天的兴致。我们从写作聊起，聊到各自未来的打算，聊到他所在的非虚构项目。他说：你要有自信，我看了你的写作这么长时间，你的小说很好，只是你还不熟悉日常语境的表达而已。

罗伯问我，记不记得之前有几次我支持你改回自己的原句？

我怎么会忘记？

Silently, Grandpa had dragged himself to the cupboard, picked a package and plunked down the noodles in a stainless saucer. The gas burner popped. Yet it was not even lunch time.

（沉默中，爷爷挪步到橱柜，拿出一包泡面倒在锅中。煤气灶"噗"地燃起了。然而，这时候连午饭时间都没到。）

这段之中的"The gas burner popped"在此前我请 Aron 教我如何"紧缩"句子时被他"整合"到了前一句,成了"plunked down the noodles in a stainless saucer on the gas burner"。我把原稿给罗伯,为难地说:"我挺喜欢原来的'The gas burner popped'。"

"这句话的场景感很强,你一定要留住!句子紧凑是重要,但是不能约去这么好的句子。"

还有一回,我在一段雨景描绘中用了个非常罕有的词:"impinge"。这个词的本义是"撞击;影响"。拿到同学的反馈时,发现他们多在这个词下面画了线,拿给罗伯看时,我已经把这个词改成了"fall"(下落)。出于信任,我询问他对我原先选词的意见。罗伯马上说:我支持你用 impinge,你要知道,有多少人会用 fall,但是很少有人可以大胆地用 impinge,而且这个词放在你的语境中是合适的,你需要激起强烈的不安感。

impinge 是我从詹姆斯·乔伊斯那里盗来的。罗伯不知道,他的支持不仅让我对这个句子有了信心,还给了我继续阅读经典的信心。威廉·福克纳、尤多拉·韦尔蒂、约翰·契弗……我在一本一本地啃他们的全集。我找到有声书,跟读,然后抄,然后背,阅读如水蛭一般吮吸我所有的闲暇——我开始怀疑,从这些经典里拼凑出怪怪的语言是不是一条正途?或者我应该把时间全花在《全美最佳短篇小说》上,这样或许可以"速成"?

改回 impinge 的那一晚,我继续我这周的跟读——福克纳的《我弥留之际》(美国同学过去曾在课间讨论,他们认为福克纳是个高中课本里的人物,没有人再读了)。我明白自己必须读经

典，因为《全美最佳短篇小说》里没有人会用 impinge 这样的词，这样的词必须从大师那里学来，有朝一日，是这些词，是这些句子结构，是这些口吻成为我写作的给养，速成的东西很快就会消耗殆尽了。作为一个外国人，我比英语母语者需要更多的养料。

自从开始向工作坊的同学请求帮助后，时时陷入感动。上周我问和我同住一小区的阿丽莎能否每周帮我看句子，我说我会支付酬劳（天知道这有多耗时间，有时我们会在一个句子结构上磨掉半小时，仍然没有结论）。阿丽莎连续回了两条短信：不要给我钱。我很乐意跟你一起看句子。

这周和罗伯的约见结束后，我们正在修订的小说已接近尾声了，他突然问：这个小说之后，你还有其他东西要我帮你看吗？我说有。他说，太好了，我怕就这么结束。

——我也怕。

这是我日日的感激。我所在的工作坊历来以竞争激烈出名（你可以认为，这是个美国年轻作家的"选秀场"，每个月都有经纪人来物色"投资对象"），即便今天，我还可以感到竞争的暗潮，但或许因为我在很长时间都不会对同学构成任何威胁，反而受到了恩待。

我跟 Aron 说，如今我最大的愉悦就来自修句子，从最微小的层面看英语的运作规律，也见证美如何在语言中诞生——我完全理解了唯美主义作家的信条，有了美，还在乎什么其他？我不再去想我能否真正用英语写出一部长篇，也不再去想经纪人哪天才能找上我——我已经找到了我（可能是毕生）的幸福。

Aron 开玩笑说：你没救了。

因为这周布置学生读黑泽明自传《蛤蟆的油》的英译，我特意找来了黑泽明的采访视频，有一段他说给日本青年导演的话很有道理：

如今，年轻人刚起步，就在琢磨要赶紧到达终点。但是如果你去登山，教练告诉你的头一件事情就是不要去看峰顶在哪儿，盯着你脚下的路。

我是快乐的，唯独无法治愈对你的思念，
是我。

昨日的世界

亲爱的人：

最近一个月以来，绝望的感受再次袭来。

两地的新闻都很糟心，不知是有心还是无意，我最近读了两本回忆录，一本是茨威格的《昨日的世界》，另一本是纳博科夫的《说吧，记忆》，感慨良多。

或许每一代人年少时都会觉得自己的时代比上一代好，随着青春逝去又会觉得"吾党之小子狂简"，今不如昔，每况愈下。如今的我相信前者渗透了年轻气盛时的自我中心和过分乐观，而对于后者，我只能希望是我的过分敏感所致，现实不至于如此——而这，当然也不过是我的希望。

在《昨日的世界》里，茨威格满怀深情地回望着他年少时的

奥匈帝国，说那是"安全的黄金时代"，他写道：

> 19世纪沉浸在它的自由理想里，笃信它正走在通往有史以来
> 最美好世界的康庄大道上。

茨威格给出的原因是：在更早的时代，遍布着战争和饥荒，而
且民智未开。他年少的时代则涌动着一种希望，大家相信罪恶和暴
力再过几十年就会消除殆尽——他谈到科技发展带给人的鼓舞，电
灯、电话、火车，当时几乎所有人都相信这种"进步"不可遏制，
也不可逆转。并且，科技上的进步也势必在社会事务中引起回响。

我想，不用我细说，我这代人一定可以从中看到计算机和互
联网时代刚刚降临时几乎相同的一幕，当时的我们也欢歌雀跃，
也执着地相信，这种"进步"不可遏制，人与人，阶层与阶层，
甚至文化与文化之间都将不再有边界，并且这种科技的创新最终
一定会推动其他领域的进步。

撇开这种愿景有多理想主义不说，人是否真的获得了更大的
自由度？我年少时曾坚定地相信是，然而如今感到这些大问越来
越存疑。茨威格说，一战后的年轻人已经很难想象曾经的人们出
行连护照也不需要；他年轻时在前辈劝说下去过一趟美国，见识到
当时世人眼中的新大陆——到处都是招工告示，你去应聘，没人在
乎你是谁，或从哪里来。但和所有怀旧一样，这里面当然也有美化
的成分，也有茨威格优越的家庭出身为他遮去现实的狂风骤雨的
关系。他自己后来也承认，那个已逝的时代是一个"愚人的天堂"。

比起茨威格，纳博科夫的回忆录更个人化。谈及被迫逃离母国，来到剑桥求学，他很少见地提到了政治。后人都会大谈沙皇专制的恐怖，又会振振有词地说：就算是那样的时代，俄国不也出了这么多杰出的文豪吗？纳博科夫却唱反调：其实俄国贵族文人在沙皇时代拥有的自由度比之后更大：

在沙皇制度下，除了这种统治根基上的懒惰和野蛮，热爱自由的俄国人有更多方式表达自我，而且也面临更少的风险，比起列宁的时期。

他也谈到，后来发生的，与其说是一种新的思想凝结起大众，不如说是用其包装了被搅动的民族主义。因为任何的思想派别都可据理力争，然而民族主义，尤其后来作为二战战胜国的骄傲，对于大众而言那绝对正确，没道理可讲，也不用讲道理。

再说回《昨日的世界》，茨威格对一战中奥地利同胞的记录如今读来越来越像警醒。一战刚爆发时，他在街头看到的是一张张兴奋的脸，陌生人会相互打招呼，很多年没有说过话的朋友会重新开始交谈，就连最普通的邮递员都觉得自己参与了前所未有的历史盛况——一种和平年代不可能建立的"同胞情谊"通过共同的敌人缔结了。

很快，事情就向着荒诞的地步进发。让茨威格感到最恐怖的是，战争中人们"非人性"的表达是"真诚"的。他那些因为年纪或身体原因上不了战场的作家同行，觉得作为奥地利人必须为

国出力，于是拿起笔杆子歌颂战争中的牺牲。他说："他们把假肢赞颂得这么诱人，以至于你都想把真腿锯掉，装一条他们笔下的假肢！"不久，德国禁掉了莎士比亚，法国禁掉了莫扎特和瓦格纳，德国教授开始宣称但丁曾经是德国人，法国人则要证明贝多芬流的是法国人的血。

所有这些，似乎都离我们"今日的世界"不再遥远。

我也在重读基兰·德赛 [1] 的《继承失落的人》（*The Inheritance of Loss*），这是很多年前我非常尊敬的师兄 H 约我写书评时我读过的，说实话，当初他要求我读的书（略萨，帕慕克，拉什迪，还有德赛）我一个都不喜欢，反倒是最近找回来看，我才觉得这么多年读过的最好的后殖民小说就是帕慕克的《雪》，没有"之一"。《雪》从卡尔斯这座小城的女学生自杀事件写起，自杀源于她们坚持要戴被地方当局禁止的头巾。如果跳离具体的语境，可以想当然地感叹这些女生真是冥顽不灵，摘掉头巾不是走向自由吗？为何坚持要戴呢？然而，这些符号和背后的寓意可以因为处于后殖民的格局中而发生扭转。

这是我很多年前写的有关这部分的短文：

遮羞布：头巾的真实寓意

表面看来，戴头巾的女生冥顽不灵，然而事实恰恰相反。戴头巾运动的领袖卡迪菲出身于共产主义左翼家庭，曾经是世俗化政

---

1 印度女作家。

策的拥护者，是当政府对女生行使强权时才头一次佩戴头巾，原因很简单："因为这是一次反对政府的行动。"刚进入卡尔斯，卡迪菲便领教了这个带领土耳其民族奔向现代化乃至"欧化"的世俗政府的真实面目，参选市长的繁荣党候选人穆赫塔尔被警察无情殴打，在卡迪菲的眼里，被践踏的不仅是穆赫塔尔的肉身，更是民主与法治。军事政变后，过渡期的军政府更是将各种酷刑施加于宗教学校的学生和少数族裔，他终于懂得反抗政府意味着争取民主。

政府出于自己的政治需要，对自杀事件轻描淡写。副市长对卡迪菲说，这些女孩自杀是因为"生活得不幸福"，他又补充说，"如果生活不幸福真是自杀的原因的话，那么土耳其一半的妇女都会自杀。"言外之意是认同女性不幸福的合理性，将自杀归结为孤立的心理素质，"爱情"是他们为自杀找到的托词。但是，由家庭决定婚配的所谓"爱情"，其实也是一种变相的压迫形式。

戴头巾运动的参与者反复强调这是一场女权运动，伊斯兰女性沦为政治压力的最大受害者，"自杀是为了维持女性的尊严"。可是，这场运动一开始就已经宣告失败，作为宗教信物的头巾注定被一再误解或者曲解，除了这群抗议的女生，谁还清楚抗议的真正目的？

我感到重读德赛的必要。英语世界的书评人喜欢把德赛和扎迪·史密斯做比较，说史密斯拥抱着伦敦、纽约这样的大城市，觉得那里是不同族群共居的模板（虽然不可能完美，但是给人希望，令人向往）；然而德赛从没这么乐观，她笔下的纽约是印度黑

工眼里的帝国都会，充满不公和歧视，这样的经历导致这些黑工陷入更极端的民族主义。这两个视角在我看来同样重要，德赛的着眼点是现实的，也是警醒的，但是史密斯稍带理想主义的滤镜也很可贵，人类就是凭借着自己的一点点善念，或者以为自己能够实现的微小的善举，代代累积，才有了往前走的动力（当然也可以被说成是"幻觉"）。理想主义一定会失败，但我尊敬一切明知不可为而为之的人。

不过，在现实世界里，最难的却是对话和理解。德赛笔下的黑工憎恨着史密斯笔下拥抱西方价值的移民，觉得后者出卖了自己的文化和传统，而且占尽先机；同样的，后者对前者也不无鄙夷，觉得前者愚昧懒惰，咎由自取。

不被理解、被误解都是人生的常态了。我们这个年代有很多标签，有时候我会疑惑我们的爱恨是由这些标签引起，还是由背后的这个人引起；每个标签都自带刻板印象，叠加起来我们是离背后的这个人更近了，还是更远了？

这些我都不知道。但是近来的种种正在改变我对文学的看法，我先前质疑美国的文学太个人，太"小"，缺少大问，而今我反思，觉得或许爱和恨都应当具体、明确，才不至于失焦和失真，才不至于变成胡乱的扫射。

好比你之于我，从未有过任何标签。你也知道，我对你从没有罗曼蒂克的爱，而是在深知你的一切之后，还是无力改变爱你的事实——虽然，这一切都过去了。

是我。

真理与创造

亲爱的人：

　　这是我写给你的最后一封信了。两年半前是因为爱你而负气出走，直到如今我们却已不再是对方的亲爱的人，倾诉也难以为继。

　　今年五月，我参加完毕业典礼的次日，开始给译文出版社翻译美国作家弗兰纳里·奥康纳的两本书《存在的习惯》和《神秘与风俗》。直至刚才，我的第一稿终于完成。翻译是项苦差事，但很感激这个机会，半年以来，我感到奥康纳几乎是把着我的手在对我诉说，带着她难懂的南方口音。她亲切，睿智，幽默，时而刻薄，时而古怪，她的文字能引起我深深的共鸣，一部分原因是我们有着重合的履历——她也是从这里毕业的，她提到的人名、

地名，甚至刊物我都很熟悉；不过更多的，是经历过这两年的工作坊学习之后，面对小说写作，我几乎完全同意她的看法。

奥康纳是爱尔兰裔天主教徒，她从神学观点出发谈写作反而能把很多东西说透彻。国内的"创意写作"直译自英语的 creative writing，重点落在了"推陈出新"，但是如果从神学角度看，这个"创造"首先令人联想到的是上帝七天创世：有了光，是而昼夜交替；有了星辰，是而时令有别；有了水的聚集，是而陆地生机盎然……我不是任何意义上的信徒，但是如果借用这个视点，写小说首先是虚构出一个具体的世界来，把那世界里的时令、景致以及人物的点点滴滴写扎实了，或许这才是 creative 放在这个专业名称里最初的意思。

另一个引起我思考的词是"真理"，我们常说作家追求的是真理，然而真理这个概念，放到乌糟糟的现代世界，面目愈加模糊，很多时候"真理"和"现实"混淆不清。我在路易斯·格鲁克（Louise Gluck）的散文《反对真诚》中看到了如下的表述："艺术家的要务是把现实转化为真理。"当然了，你可以说，这不是什么新观点；不过，这句话戳中了最近的我，因为我发现自己并没有完成这个"转化"——我在很多时候把"真理"等同于某个被遮掩的现实（一段尘封的历史？），某种真实的感受（过往生活中的伤痛？），或者自己拥护的某种价值（所谓"政治正确"？），所有这些，都远非真理。

是这种时候，作为一个现代人，我很羡慕有信仰的人。对于他们来说，"现实"和"真理"太容易分辨了——现实属于人，而

真理属于神。所以，如果作家把探寻真理作为自己的目标，那么"探寻"本身大约就是最终的结果。小说从不为歌颂什么，批判什么，甚至也不为揭示什么，或代表什么（奥康纳对中学文学教育颇有微词）。小说首先就是故事，是日常生活，是作为独异个体的普通人在这些周遭中发现了无法理解的"神秘现象"，而当我们企图重现这种神秘时，真理已隐藏在其中。

有个故事一直困扰着我，我将来或许会写，或许不会。我母亲有位工厂的老同事，男同志，爱干净到有洁癖的地步，比如拿不锈钢饭盒去食堂打饭，饭菜刚刚盛进去，他就要加上盖子，唯恐空气中的尘埃或细菌污染了食物。可偏偏是他，后来得了一种"怪病"，据说是身上的皮肤一块一块剥落，死亡成了一场漫长而难堪的凌迟。

这当然只是故事的边角料，如果要入小说，需要作家有别样的发现，现在的我尚不知道这个发现是什么，但绝对不能是去陈述某个道理，好比说：你看，有洁癖也不好，结果一样是不得善终。

在奥康纳的时代，她也面对着大众对小说家的诸多"无理"要求。比如50年代的美国经济发达，媒体质问：为何我们的小说家还在写贫穷？为何不赞颂国家的富强？又比如教会会挑出小说里某条光着的膀子，或失败的婚姻，又或是枪击，要求小说家把这些"违背道德"的地方删除，所谓"清理"现实。

我喜欢奥康纳清醒的回应。她说，小说家对穷人感兴趣，因为贫穷是人性的一部分，也是生活的一部分，因为我们总感到不足与短缺，而穷人让我们把这一点看得清楚。她说所谓的"清理"

现实也不失为"歪曲"现实，是有意不去正视真实的世界。并且，给出教谕和评判道德是上帝的职责，艺术家只应对艺术作品负责。奥康纳还让我们无须担心艺术家因此就可以不顾道德，因为他们不能：一者，道德在艺术家本身，无论他写什么，他的笔早已隐有他的道德目光；再者，违背和鼓吹道德都会戕害艺术的纯正与完整。好比说作家如在作品中掺杂过多的情爱场面来吸引眼球，大家会被过多的"调味料"呛到，"过度"显示出对道德的违背，而不是说情爱描写本身就是不道德的。

在很长的时间里，我都觉得自己的写作方式有问题，和很多年轻人一样，我也是"主题先行"。我先得到一个"启示"，然后加诸我的人物。不过，因为有时这样写也侥幸成了，我就以小说不用拘泥章法的借口来逃避学习。

但其实纸包不住火，这个问题读者一眼就可以看出来——我笔下的人物颇多相似之处，甚至你也可以说，他们像我。

在工作坊里，一位老师曾给过这样的建议：在你每天刚开始写作的时候，先别忙着动笔，而是拿出时间来"成为你的人物"，去看他看到的，听他听到的，感受他所感受到的。我听过就算，也没付诸实践。是在上一周，我给自己放了一天假，回头重写上学期提交的一个短篇，我好像忽然明白了小说应该怎么写。那是个"约会故事"，我写着玩的，我的老师批评它是"大厦将倾"，他说前十多页近乎完美，人物、冲突、悬念，充分展开，但最后五页草草收场——建好的摩天大楼轰然垮塌。重写的时候，我想的不是我要怎么收尾，而是我笔下的人物 Rafi 要怎么应对。于是，我

有了一个完全不同的结局，是我从没计划过的。改完，我按照现在的习惯邀请我的同学帮忙看，他说：天哪，我好喜欢这个 Rafi！

以前常听一些作家说，他们写作的时候有如在黑暗中独行，不知道接下来会发生什么，更不知道自己要如何收尾，弗兰纳里·奥康纳和我钟爱的约翰·契弗都说过类似的话。我过去怀疑是这些作家愚弄我，他们故弄玄虚。事到如今我才懂得，不知道故事如何进展是好事，因为当虚构的世界被创造出来，当虚构的人物被赋予生命，他有了他的"自由意志"，不再受作家的支配，身为作家，必须遵循古希腊人的两条箴言：去认识他，然后明白决定他命运的不是作家，而是他的性格。

我一直说自己不喜欢美国文学的"小"，但如今我需要做出修正。越是大的东西，越要有小的起点，越是抽象的理论，越是要寻觅具象的载体。两周前给《鲤》翻译了已故的前工作坊主任弗兰克·康罗伊（Frank Conroy）的文论，他用过如下的金字塔图示：

他说：刚开始写小说的人最容易犯的错误就是自上而下地写，然而好的小说永远是自下而上搭建的。

　　我自己的金字塔版本可能会有所不同，我会把人物性格、环境设定放在最底层；最上层可能会是"主题"。现在的我明白：写作过程中最值得庆贺的事情莫过于人物不再听我的指挥，莫过于我原本设定的"主题"不再适用——我的学生问过这样的问题：我就是为这个"主题"而写，如果最后写不成这个主题，我干吗写小说呢？

　　这个问题太难回答了，读完奥康纳的我会说，因为作者原先设定的"主题"根本不是真理，因为小说家并非全知全能的上帝，而更近于侍奉真理和艺术的祭司——奥康纳说，当人们以为现代科学是万能的时候，实际上人们的想象力在萎缩；我不会去否认现代科学，但是我愿相信有科学无法解释的神秘，而真理就隐藏在这神秘之中，那才是我要用小说去接近的疆域。

　　我知道，作为最后一封信，我似乎应当提供某种"结局"，然而世人能理解的结局不外乎喜剧或者悲剧，两者都是扁平而无用的。我的未来，一如我的过去，都弥漫着茫茫大雾，唯有在雾中前行，我才能看到最切近的路上有什么——从这个角度看，我的人生和其他人的没有什么不同。

　　你常常觉得我对你理应有很多不满，因为你让我流了太多的眼泪，但无论你是否相信，你留给我的只有一个爱的背影。我不禁揣想，倘若人与人之间，别过之后都能留下爱的背影，或许在这无常的人世，会多许多暖意。

　　所以还是谢谢你，我亲爱的人。

　　是我。

图书在版编目（CIP）数据

有些未来我不想去 / 钱佳楠著 . -- 北京 : 北京联合出版公司 , 2019.7（2020.5 重印）

ISBN 978-7-5596-2723-0

Ⅰ . ①有… Ⅱ . ①钱… Ⅲ . ①随笔 — 作品集 — 中国 — 当代 Ⅳ . ① I267.1

中国版本图书馆 CIP 数据核字（2019）第 070778 号

有些未来我不想去

作　　者：钱佳楠
策划出品：青橙文化
策划监制：王二若雅
策划编辑：顾拜妮
责任编辑：楼淑敏
特约编辑：顾拜妮

北京联合出版公司出版

（北京市西城区德外大街83号楼9层　　100088）

北京联合天畅文化传播公司发行

北京天宇万达印刷有限公司印刷　　新华书店经销

字数175千字　　787毫米×1092毫米　　1/32　　8.5印张

2019年7月第1版　　2020年5月第3次印刷

ISBN 978-7-5596-2723-0

定价：46.00元